Adam Oehlenschläger

Correggio

Trauerspiel in fünf Akten

Adam Oehlenschläger

Correggio

Trauerspiel in fünf Akten

ISBN/EAN: 9783743365247

Hergestellt in Europa, USA, Kanada, Australien, Japan

Cover: Foto ©Andreas Hilbeck / pixelio.de

Manufactured and distributed by brebook publishing software (www.brebook.com)

Adam Oehlenschläger

Correggio

Correreggio.

Trauerspiel in fünf Akten

von

Adam Oehlenschläger.

Stuttgart.
Verlag der Expedition der Freya.
(Carl Hoffmann.)
1868.

Einleitung.

Sieht ein Architekt oder geübter Laie den Grundriß eines Gebäudes mit wesentlichen Mängeln behaftet, so weissagt er ein krankes Werk, und kein Glanz des Aufbaus kann seinen Durchblick entschädigen oder täuschen. Muß er gar den Baugrund verwerfen, so ruft er: der Liebe Müh' umsonst! und vor seinem innern Auge stürzt die ganze Struktur, noch ehe sie aufgerichtet wird, stäubend zusammen. Wie verhält es sich nun in dieser Hinsicht mit unsrem Correggio=Tempel? Ziehen wir einmal die Grundlinien.

Erster Akt. Vierzehn Jahre nach Raphael's Tod, also im Jahr des Herrn 1534 malt Antonio Allegri in seinem Heimatdorfe Correggio unweit Parma auf offner Flur seiner Wohnung ein Madonnenbild, zu dem seine Frau Maria und sein Knabe Giovanni Modell sitzen. Aus dem nahen Walde tritt Silvestro herzu, ein Bruder Einsiedler, den die kleine Familie als Arzt des Leibs und der Seele verehrt. Sie bedürfen der Aufrichtung, denn Armuth und Kränklichkeit des Ernährers spannen sie in eine drückende Sorgenatmosphäre. Silvestro äußert sich auch über die Kunst. Er nennt sie ein buntes Spielwerk, von dem Cherub Religion auf den Flügeln getragen, er setzt sie in Vergleich mit der Natur, die für ihn den Vorzug hat, er sagt:

> Wen Eitelkeit und Leichtsinn nach und nach
> Von der Natur entfernt, der kann sich ihr
> Nur an der Hand des Künstlers wieder nah'n.

Wer möchte ihm solche Reden verargen? Einfalt ist ja sein Stand, seine Tugend. Und vollends Begriffe wie Kunst und Natur, diese dunkelsten, bestrittensten, unausgedachten! Aber warum widerspricht ihm der Maler nicht? Er ist zerstreut; er hat an sein Malen zu denken, nicht über sein Malen; auch wäre es zwecklos, mit dem Gottesmann

zweifelt an seinem Beruf zur Kunst und sagt zu seiner Frau, der er
den Vorgang unter Thränen erzählt, wenn der Meister bei dem Aus=
spruch, den er zweimal gethan, ein drittes Mal beharre, so wolle er dem
Rathe seines seligen Schwiegervaters folgen, wolle gleich ihm ein Töpfer
werden und nur noch Thonbäuche bemalen.

  D r i t t e r   A k t. Correggio vollendet mit einigen Strichen
sein Bild. Er bringt im Grase noch eine veilchenblasse Hyazinthe an,
als ein Symbol seiner gestorbenen Hoffnung, als ein Zeichen seiner To=
desahnung. Er darf sich gestehen, daß er von wahrer Liebe zur Kunst
erfüllt sei, doch will er den Trieb, der sein Leben ausmacht, künftig
zurückdrängen, will die Wochentage dem Handwerk widmen und nur
noch an Sonntag=Vormittagen zur eignen Lust, zum unschuldigen Ver=
gnügen den Pinsel führen. Da naht sich Giulio Romano. Er hat in
der Kirche Correggio's „Nacht" gesehen und ist von Bewunderung des
Meisterwerks hingerissen. Er sagt im Selbstgespräch unter Andrem:

> Wie Giulio? Nach Correggio mußt du reisen,
> Um wieder einen Raphael zu finden?
> O wunderbar! sehr wunderbar! sehr, sehr!

Und er schließt seinen Monolog mit den Worten:

> O seltsam, daß so oft ein Nazareth
> Das Göttliche gebären muß; daß häufigst
> Der holde Engel, der die Welt beglückt,
> In einer Krippe seine Wiege findet.

  Nun begrüßt er den Künstler und als er vernimmt, daß er An=
tonio Allegri heißt, ergänzt er mit dem Griffel der Geschichte: A n t o n i o
A l l e g r i d a C o r r e g g i o ! In das zerdrückte Gemüth unsres Malers
stechen die Huldigungen des Fremden als Zungen des Spottes. Allmä=
lig klärt man sich auf, und Raphael's Lieblingsschüler sucht wieder zu
kitten, was sein rauher Nebenbuhler zerschlagen hatte. Auch läßt sich
Michelangelo durch eine Vorlesung Giulio's umstimmen, und nachdem
er den Gastwirth, der den Streit angezettelt, mit der Peitsche bedroht,
macht er sich zuerst mit dem kleinen Giovanni liebenswürdig, übergiebt
dann der Mutter seinen Siegelring als ein Freundschaftspfand für ihren
Mann, und fügt die Versicherung hinzu, daß ihm dessen Glück ein An=
liegen sein werde. So reist er mit Giulio ab. Maria verkündet ihrem
Gatten voll Freude den Hergang, und sie versprechen sich ein Paradies,
das der lauernde Battista durch Einführung der Schlange vollkommen
machen will.

  V i e r t e r   A k t. Nun werden wir nach Parma in Ottavio's
Bildersaal versetzt. Der Graf und Battista, par nobile fratrum, er=

VII

ffnen die Scene. Jener vertraut seinem belobten Rechnungsführer, daß
n Räuber Nicolo von der Bande, der sie nachstellen, sich frecherweise
 seinen Dienst gemeldet und so in die sichre Falle gehe. Battista
eiß aus einem Briefe, daß sein Sohn Franz noch heute von Rom her
ntreffen werde. Auch Correggio's Ankunft steht bevor, und seine Frau,
f die es Ottavio abgesehen, werde bald nachkommen. Die Bemerkung
s Kupplers, daß Seine Gnaden die schöne Cölestina mit ihrem Vater
icordano erwarte und diese Dame heirathen wolle, was einem Verhält=
iß mit Maria unter dem gleichen Dache im Weg stehen möchte, ent=
äftet Ottavio mit der Erwiderung, daß er die schöne Geistvolle, die
elumworbne, nur aus Eitelkeit zur Gattin wünsche; sie liebe ihn nicht
nd werde ihm höchstens ihrem Vater zu Gefallen, der die Verbindung
ünsche, die Hand reichen; jedenfalls müsse diese Wintersonne der Som=
ersonne Maria Raum geben, und Maria's stillem, anspruchslosem We=
n gegenüber werde Cölestina auch wohl keinen Argwohn schöpfen. Ihm
 nur das Eine bedenklich, daß er sich als Mäcen blamiren könnte,
enn der unbekannte Schlucker Correggio, über dessen Talent er kein
rtheil habe, vor Cölestina's Kennerblick nicht bestehen würde; was Bat=
sta, da der Maler doch ein gar zu elender Tropf sei, nicht in Abrede
eht. Diesen sehen sie jetzt mit seinem Bilde auf dem Rücken durch den
arten kommen: Ottavio zieht sich zurück mit dem Vorsatz, den Com=
romiß wegen seiner Frau noch heute mit ihm zu versuchen, denn was
 nicht kaufen könne, das wolle er nicht stehlen; und Battista, der sich
as Stehlen für den kurz Angebundnen vorbehält, entfernt sich gleichfalls,
achdem er seinem gehaßten Nachbar Rache geschworen, und zwar als
alabrese eine blutige durch den Dolch jenes Nicolo.

Nach der Hitze des Weges entzückt sich Correggio an den luftigen
ärten und Treppen, an den kühlen Marmorwänden, und gar der Saal
— ein Bildersaal — voll von Bildern — aller Meister und Schüler!
r freut sich wie ein Kind und spricht wie ein Kind über die nie ge=
hnen, kaum geahnten Herrlichkeiten, die Landschaften, Helden, Thiere
nd Madonnen. Und ein niederländisch Genrebild!

    Ist es doch nimmer noch mir eingefallen,
    Daß solche Sachen auch man malen könnte.
    Man muß es durch die hohle Hand betrachten.
    Wer hat wohl das gemacht? Steht nicht der Name
    Darunter? „Flamländer, Unbekannter".
    Flamländer? welcher Landsmann mag das sein?
    Ob Flamland weit von Mailand liegt?

Zuletzt erblickt er hinter einem seidnen Vorhang, den er zurück=
hlägt, eine heilige Cäcilie. Das ist nicht Malen, ruft er aus, das

ist Dichten! (Einem Bauern nöthigte einmal die Farbenpracht de[r] untergehenden Sonne den Ausruf ab: des ischt koi' Natur, des ischt Schöpfeng!) In diesem Augenblick schreitet Ottavio in den Saal, un[d] Correggio, trunken von dem Gemälde, fragt ihn ohne Gruß: wer ha[t] dieß Bild gemacht? Raphael, antwortet Ottavio kalt, und Correggio dar[auf] auf mit freudiger Begeisterung: Ich bin auch ein Maler! Da [ist's] stehe längst zu wissen, höhnt Ottavio und rückt nun mit seinem Antra[g] heraus, um so unbefangner, je mehr er den „aufgeblasnen Narren[“] verachtet. Aber bald überzeugt er sich, daß den Maler ein Herzensban[d] mit seiner Gattin verknüpft, und er geht wie ein brüsker Käufer, der si[ch] in der gesuchten Waare getäuscht hat, von dannen. Dem gekränkte[n] Gatten fällt es jetzt wie Schuppen von den Augen, er will den Belei[d]iger zum Zweikampf fordern, weist aber sogleich diese „lächerliche Wal[l]lung" zurück, denn ein Künstler habe seine Ehre mit andern Waffe[n] auszufechten. Freilich der Genuß an den Bildern ist ihm nun vergäll[t] er fühlt sich erschöpft, zerbrochen, und überläßt sich auf einem Stuhle de[m] Schlummer.

Ricordano und Cölestina treten, ohne den Schlafenden zu bemer[k]ken, in den Saal, letztere mit einem Lorbeerkranz in der Hand. I[m] Garten hatte ihr der Zweig nach den Locken geangelt, sie riß ihn zu[r] Strafe von seinem Stamm, und gleich bog er sich in ihrer Hand zu[m] Kranze. Vater und Tochter sagen sich gegenseitig die höchsten Schme[i]chelcien und verständigen sich mit Wenigem, daß Cölestina den herzlose[n] Ottavio nicht heirathen müsse. Zwar hatte es Ricordano einem sterben[den] den Freunde versprochen, aber es war übereilt, Gott wird's vergeber[n] Du kleine Musa, sagt der Vater, kalt wie Eis

Verschmähest du der Erdensöhne Liebe
Und lebst nur in der Kunst und der Natur.

Auch eine kleine zauberische Circe nennt er sie, als sie ihm vor[ge]schlägt, daß er ihr Ottavio's Gallerie, ihren Augapfel, mit Geld kaufe[n] solle, da sie diesen Schatz jetzt nicht mit ihrer Hand erkaufe. Dan[n] geht er, dem Freier den Korb zu überbringen. Cölestina, allein, schwärm[t] platonisch in Kunst. Sie will Raphael's Cäcilie ihren Lorbeer weih'[n] sieht aber jetzt ein neues Bild gegen die Wand gelehnt, wendet es um un[d] erkennt sogleich Antonio Allegri's Pinsel, des „großen, neuen, unbekan[n]ten Malers", von dem sie schon viele Köpfe kopirt und von dem ih[r] Michelangelo und Giulio Romano heute unterwegs so viel erzählte[n] Jetzt will sie dieses neue Bild kränzen, wird aber den Schlafenden ge[]wahr und erkennt ihn sofort an Buonarroti's Siegelring, den er a[m]

Finger trägt. Nun möchte sie dem Künstler selbst den Kranz aufsetzen, thut es auch endlich verzagt und entfernt sich schnell.

Correggio erwacht. Ein Traum hatte ihn nach Elysium gezaubert, wo ihm die Musa mit den Worten: Ich weihe dich zur Unsterblichkeit! einen Lorbeerkranz auf die Stirne gedrückt. Er fühlt nach seinem Haupt, und welch' Mirakel! der Kranz ist kein geträumter. Die Fülle der Gesichte stören ihm Battista und Nicolo, welche ihm von Ottavio das Geld für sein Bild bringen, und zwar auf Battista's Veranstaltung — einen Sack voll Kupfermünze, dessen Schwere auf den Schultern ihm in's Gedächtniß rufen möge, daß sein Vater ein Lastträger gewesen. Correggio bittet um Silber, wenigstens für einen Theil des Kupfers, da er so müde sei und der Heimweg so heiß und weit, aber umsonst. Da tröstet er sich mit dem Bibelworte: Im Schweiße deines Angesichts sollst du dein Brod essen; und mit dem Sack auf dem Rücken, mit dem Lorbeerkranz auf dem Kopfe, zieht er „leicht und kühnen Muths" seine Straße. Battista aber giebt als Hausverwalter dem Bedienten Nicolo Urlaub, heute seine alte Mutter über Land zu besuchen, und sagt ihm so deutlich, als es ein Raubmörder nöthig hat, was bei Correggio, den sein Weg durch denselben Wald führe, an Geld und Geldeswerth zu holen sei.

Fünfter Akt. Im Walde zwischen Parma und Correggio, unweit Silvestro's Hütte und Heiligthum, monologisirt der alte Räuberhauptmann Valentino, der Schrecken der Umgegend, seine Konfessionen. Der Vulkan seines Muthes ist ausgebrannt; es scheine mit ihm zur Neige zu gehen; da er aber stets ein guter Christ gewesen, was sich mit Schurkerei ganz wohl vertrage, so komme er vielleicht doch in den Himmel, oder müsse er in die Hölle fahren. Der Klausner tritt zu ihm und sucht geistlichen Samen in sein Herz zu streuen. Dann bringen mehrere Räuber den Franz Battista geschleppt, den sie wegen der Angebereien seines Vaters umbringen wollen. Der Hauptmann giebt ihn preis, aber Silvestro legt sich in's Mittel und rettet ihn, indem er Valentino und seine Mordgesellen durch Vorzeigung des Magdalenenbildes, das ihm Correggio geschenkt, im Handumdrehen paralysirt. Ja Valentino ist so zerknirscht, daß er seinen Zögling Nicolo, der sich einstellt, um dem Maler aufzulauern, nebst der ganzen Bande in die Höhle verweist und flügelhängend seine Abdikation ankündigt.

Correggio kommt einhergewankt mit Sack und Lorbeerkranz. Erschöpft, verdurstet, fieberkrank, wirft er sich am Quellenrand nieder. Er will Wasser schöpfen, hat aber keinen Becher; er will es mit dem Hute thun, hat ihn aber in Parma liegen lassen. Er schöpft mit der hohlen

Hand, allein die kargen Tropfen mehren seinen Durst, anstatt ihn zu
stillen. Da geht Lauretta, seines Nachbars Tochter, vorbei auf die Zie-
genmelke und reicht ihm einen Trunk aus ihrem Eimer. Er will ihr
zum Dank einen Mann verschaffen; aber nur keinen Künstler, sagt sie,
denn die vergessen doch alles über ihren Träumereien. Sie ist ein reso-
lutes Ding, blond und nordisch-unheimlich, stammt von Germanen ab
und singt dem Nachbar zur Erheiterung ein schauriges, schwarzgeflügeltes
Elfenlied. Correggio fühlt, daß er sich den Tod getrunken, daß sie ihm
den Tod gesungen. Nur Weib und Kind möchte er vor dem Hinschei-
den noch sehen. Diese kommen des Wegs, den Vater zu suchen. Mari
kann beim ersten Blick nicht im Zweifel sein, wie viele Schritte der To-
desblässe noch zu wanken hat. Ungern entfernt sie sich auf sein Geheiß
um den Klausner zu rufen, daß er dem Sterbenden das Abendmah
reiche. Inzwischen entschläft er, geliebkost von seinem Knaben. S
sieht ihn aus der Ferne Battista mit Franz, der dem Vater gesagt, daß
er des Nachbars Magdalenenbild sein Leben danke. Der Anblick de
Leiche und des Knaben mit dem Agnus=Dei=Stabe, in dem sein böse
Gewissen den drohenden Johannes, den heil'gen Waldapostel sieht, durch
schüttelt ihn mit Fieberfrost und treibt ihn unter zerbröckeltem Geständ
niß von Blutschuld nach Hause. Maria kommt mit Silvestro zu spät
und doppelt zu spät kommt ein Bote des Herzogs von Mantua, de
auf die Verwendung von Michelangelo und Giulio Romano den Ma
ler Allegri in seine Dienste begehrt. — —

Aus allen Ritzen dieser Aufstellung kommen nun die Fragen i
dichter Wolke herangeschwärmt. Kann der Correggio, dessen Werke wi
bewundern, ein solcher Mensch gewesen sein? so armselig, unwissend
hilflos, feig, weinerlich, schwankend, kindisch? Kann er ein solches Schick
sal gehabt, ein solches Ende genommen haben? so ausgefranst, wider
standslos, zusammengerührt, zertreten, läppisch, lächerlich? Kann sich jene
Michelangelo, den wir kennen, so benommen und aufgeführt haben
Kann sich Giulio Romano so vormundlich, so professorlich zu ihm ge
stellt haben? Aus welchen Quellen fließt Battista's mörderische Rache
Wird Correggio dem albernen Mönch und Waldsiedler seine kostbar
Magdalena schenken? und ist dieses Bild irgend dazu angethan, Buß
fertige zu machen? und vollends Räuber zu bekehren, durch den Bli
seiner Erscheinung? In Parma ein solcher Bildersaal? und von einen
bloßen Protzen errichtet? und von Correggio nur zufällig kennen gelernt
Hat sich Cölestina, der die Kunst über alles geht, gar nie nach den
Meister erkundigt, von dem sie Originale kopirt? Warum schleppt Cor
reggio sein Gemälde selbst über Land? warum gar den Kupfersack? gieb

es in Parma keinen Wechsler, keinen Lastträger? An Raphaels Cäcilie wäre ihm das Licht aufgegangen, daß er auch ein Maler sei? Ein Traumgesicht, ein Lorbeerkranz, der ihm, als er schlief, um die Stirne wuchs, hätten ihn dann mit dem Bewußtsein der Unsterblichkeit beseligt, ihn, der vor einer Stunde noch, am Ende seiner Laufbahn, sich der Selbstvernichtung hingeben, die Palette mit der Töpferscheibe vertauschen wollte? Erliegt Battista seinem Fieber, oder kommt er mit dem bloßen Schrecken davon? Solche und hundert solche Fragen drängen sich herbei. Aber sie sind von denen, die sich selbst beantworten, sie sterben wie die Eintagsfliegen, nachdem sie kaum hergeathmet. Ein andres Räthsel bleibt uns zu lösen. Wie ist es gekommen, daß Oehlenschläger, der den Maler Correggio uns näher bringen, der ihn verherrlichen, in unsern Thränen verherrlichen wollte, wie ist es gekommen, daß er das gerade Gegentheil von seiner Absicht erreicht, daß er ihn von uns entfernt, uns entfremdet, vor uns lächerlich macht? Bei seiner Anwesenheit in Parma im Jahr 1809, als er in San Giovanni mit Entzücken Correggio's Fresken betrachtet, schickte er das Gebet zu Gott: „Schenke mir stets Dichterkraft! Du hast meinen Geist für die Kunst geschaffen, und dies ist das stärkste Sehrohr, durch das ich deine Herrlichkeit schauen kann. Laß mich nach meinem Tode in meinen Werken leben, gleich diesem guten Correggio, so daß, wenn ich Staub bin, noch manche jugendliche Brust durch meine Gesänge begeistert werden könne!" Damals klärte sich in ihm der Gedanke zu diesem Drama, der ihm schon in Paris aufgegangen war. Er hätte ihn abweisen müssen, bedenkend, daß ein Künstler, dessen Handlungen seine Werke sind, in denen er allein angeschaut, zusammengefaßt, vorgeführt werden kann und darf, nie Mittelpunkt eines Drama's wird, ohne lächerlich zu erscheinen, was sich kaum von Goethe's Tasso verschweigen läßt, der doch in eine Quintessenz von Poesie getaucht ist. Auch hätte er den Bericht, den der Künstlerbiograph Vasari von Correggio's Ende giebt, als ein absurdes Märchen erkennen und sich nicht verführen lassen sollen, rückwärts verknüpfend Ereignisse zu erfinden, die nicht minder absurd sind.

Trotzdem hat sich das Drama Ruhm erworben und geht noch heute über die Bühne; denn es fehlt ihm nicht am Dichterpuls noch an der Wärme einer innerlichen Begeisterung; wozu noch kommt, daß das Kapitel der Kunstheroen, vollends wenn sentimental vorgetragen, zu den beliebtesten Stoffen zählt. Wie viele Nachahmer wurden darum auf diese falsche Spur gelockt! Selbst der alte Voß, als ihm Oehlenschläger in Heidelberg das Stück vorgelesen hatte, umarmte den Dichter und sprach: Ich wollte wünschen, daß Lessing heute Abend hier gewesen wäre!

XII

Adam Oehlenschläger war von den zahlreichen Dänen, welche sich deutsche Kultur angeeignet und sie für ihr Vaterland verwerthet haben einer der begabtesten. Er wurde in Kopenhagen 1779 geboren und starb daselbst 1850 als Etatsrath und ruhmgekrönter Dichterfürst. Er hatte die Rechte studiert und Reisen nach Deutschland, Frankreich Italien und der Schweiz gemacht, worauf er sich ganz der Dichtkunst und Aesthetik widmete. Mit den Koryphäen unsrer klassischen und romantischen Schule hat er sich fast allen persönlich berührt und manche charakteristische Porträtzüge von ihnen aufbewahrt. In welchen Mißton sein Verhältniß mit Goethe ausklang, ist bekannt. Der nordische Barde zu heißen, tönte ihm lieblich, und er theilte mit den Romantikern die Sehnsucht nach Genie, das ihm versagt war. Indem er das epische Feld neben dem dramatischen bebaute, erreichte er sein Höchstes in Trauerspielen mit Stoffen aus der nordischen Heldenzeit.

Seine Geschicklichkeit in Handhabung der deutschen Sprache ist bewundernswürdig, wie er denn seinen Correggio nicht aus dem Dänischen übersetzt, sondern von vornherein deutsch gedichtet hat. Doch konnte es nicht fehlen, daß er vielfach gegen Grammatik und Syntax verstieß und wo es sich um den volleren und tieferen Ausdruck handelte, nach anderwärts zubereiteten Wendungen hinhorchen mußte. Wird es schon dem eingebornen Dichter schwer, mit der deutschen Sprache fertig zu werden, so ist es für den Ausländer geradezu unmöglich, auch nur einen Zoll tief unter die Rinde zu graben. Er gleicht dann einem Neuling, der Einlaß zu den Mysterien hat, aber im Vorhof verirrt und gelähmt durch das Dunkel tappt, nur mit vereinzelten Strahlen und Klängen abgespeist, die hin und wieder aus dem Innern zuckend, seine Sinne berühren; oder einem, der schwimmend hinaus- und hinabstreben möchte in die blaue Weite und Tiefe eines Wassers, aber zaghaft tastend am seichten Ufer herumplätschert; oder einem, der sich im schimmernden Tanzsaal gern in den athmenden Reigen mischte, wo nicht mit der Braut doch mit einer Brautjungfer zu tanzen, der es aber nicht weiter bringt als sich an den Wänden herumzudrücken; oder einem, der Lessing's Nathan auslegen will, aber weil er die Wahrheit nicht sagen darf, nur etwelche getrocknete Blumen auf Gemeinplätzen herumstreut; oder vielmehr einem, der dieß alles nur träumt.

Von seinem Plane zu Correggio sprach Oehlenschläger mit Zacharias Werner, der Urheber des Künstlerdrama's mit dem Urheber der Schicksalstragödie, als beide Dichter 1818 bei Frau v. Staël in Coppet zu Besuch waren. Lassen wir ihn den Hergang selbst erzählen:

„Eines Tags ging ich mit Werner auf der Landstraße zwischen

XIII

Coppet und Genf spazieren. Ich hatte meinen Correggio im Kopfe und theilte ihm den Plan mit. Ich hatte gehört, daß auch er an einem neuen Stücke schreibe, und bat ihn, mir den Inhalt zu sagen. Wir waren unterdessen nach Hause gekommen. Nein, verzeihen Sie mir lieber Freund, sagte er, indem er eine Prise nahm, das kann ich nicht! Ich habe schon oft Andern meine Pläne erzählt, aber das kommt in Wochenblätter und Journale und hat mir vielen Verlust bereitet. — In demselben Augenblick trat Frau v. Staël in's Zimmer und fragte, wovon die Rede sei. Ich schelte Werner, sagte ich ihr lachend; ich habe ihm meinen Plan zu einer neuen Tragödie mitgetheilt, und nun will er mir den seines Stücks vorenthalten. Ist das nicht unrecht? Ah, antwortet sie ganz ernst und in zurechtweisendem Tone, — c'est une autre chose! Vous êtes encore jeune; vous avez besoin de vous former. — Ohne zu antworten, wendete ich ihr den Rücken und verließ das Zimmer. Sie wartete, daß ich wieder kommen würde; endlich sandte sie mir einen Diener nach, der erzählte, daß ich einpacke, um abzureisen. — Nun suchte sie mich sehr freundlich auf, bat mich zu bleiben und nicht böse zu sein. Ich wüßte ja, wie sehr sie mich achte; Werner habe sie seiner Gedichte wegen lieb, für mich aber fühle sie persönliche Freundlichkeit. — Ich antwortete, daß ihre Freundschaft mich ehre und freue, und wenn ich noch nichts weiter sei als ein hoffnungsvoller Jüngling, so müsse mir dies genügen; aber ich hätte bereits ebenso viel als Werner gedichtet; ich glaubte nicht von ihm etwas lernen zu können; er habe Genie und ein gutes Herz, aber keinen gesunden Geschmack, und wenn das so fortginge, so würde er zuletzt auch den gesunden Menschenverstand verlieren. Ich könne nicht verlangen, daß sie mich als Dichter schätzen solle, da sie noch nichts von mir kenne, nur möge sie auch deßhalb ihr Urtheil über meine dichterische Berechtigung bis auf Weiteres aufschieben. — Sie gab mir Recht, und so wurde der Friede geschlossen. Kurz darauf las sie meinen Aladdin und Hakon Jarl und fand nun selbst, daß ich nicht nöthig hätte, bei Werner in die Schule zu gehen."

Dieses Geschichtchen spiegelt einige Hauptzüge von Oehlenschlägers Naturell: seine Empfindlichkeit, Eitelkeit, Naivetät; zugleich das sichre Bewußtsein seines Talents und den Eifer seines Strebens. Er war demungeachtet und ebendeshalb sehr zugänglich und umgänglich und erwarb sich ohne Mühe zahlreiche Freunde. In den Hauptstädten Deutschlands wurde er, nachdem sein Name rühmlich bekannt geworden, bei seinen Besuchen überall gefeiert. Auf seiner letzten Reise (1844) las er am Hofe zu Potsdam seine Dina vor; der König äußerte ihm lebhaf=

XIV

ten Beifall und rief beim Abschied: „Baron Humboldt! Sorgen Sie als Ordenskanzler dafür, daß der Orden pour le mérite, den Thorwaldsen getragen hat, Oehlenschläger gegeben werde. Es wird mich freuen, wenn er gerade diesen trägt." Doch ehrender und währender sind Insignien, wie sie der Sängermund ertheilt, und so schließen wir mit einem Sonett, in welchem einst Rückert seine Sympathie für den dänischen Poeten ausgedrückt:

> Gen Süden kam vom nord'schen Meeres-Sunde
>   Ein edler Vogel des Gesangs geflogen,
>   Der, wie er dän'sche Luft hat eingesogen,
> So laut doch singen kann mit deutschem Munde.
>
> Es fühlte gleich sich in der ersten Stunde
>   Mein Herz zu ihm entschieden hingezogen;
>   Und, ist mir sein's wie meines ihm gewogen,
> So bleiben wir fortan die Zwei im Bunde.
>
> Ist er vom raschen Flug zu seinem Norden
>   Nun heimgekehrt, und ich bin fern im Süden,
>   So soll des Raumes Trennung uns nicht stören;
>
> Dazu ist uns die Kunst des Lieds geworden,
>   Die wollen wir so brauchen ohn' Ermüden,
>   Daß Einer soll des Andern Nachhall hören.

Personen.

Antonio Allegri, Maler.
Maria, seine Frau.
Giovanni, sein Sohn.
Michel Angelo,　} berühmte Künstler.
Giulio Romano,
Ottavio, ein Edelmann von Parma.
Ricordano, ein Edelmann von Florenz.
Cölestina, seine Tochter.
Silvestro, ein Klausner.
Battista, Gastwirth.
Franz, sein Sohn.
Valentino, Nicolo und andere Räuber.
Lauretta, ein Bauernmädchen.
Bote.
Ein Aufwärter.

Erster Akt.

Ein Platz im Dorfe Correggio, im Hintergrunde ein Wald, zur rechten Seite ein großer Gasthof, zur linken Antonio's kleine Wohnung mit einer Flur, worin er sitzt und malt. Seine Frau sitzt vor ihm; ihr kleiner Giovanni steht zwischen ihren Knieen mit einem Agnus-Dei-Stabe in der Hand.

Antonio.
Steh ruhig, Knabe, still! Gleich bin ich fertig;
Dann kannst du wieder laufen.
Giovanni.
Lieber Vater!
Und ist Giovanni da im Bilde denn
Nicht auch bald fertig?
Antonio.
Ja.
Giovanni.
Und Mutter?
Antonio.
Auch.
Giovanni (zur Mutter).
Doch, liebe Mutter, du bist ja Maria,
Ich bin Giovanni, und der Vater malt
Uns auf das Bild, wie da wir steh'n; wo ist
Nun aber dieses kleine Jesuskind,
Das auf dem Schoß du hast in Vaters Bild?
Maria.
Er ist im Himmel.
Giovanni.
Und wie kann denn Vater
Ihn sehen da?
Maria.
Er denkt sich ihn so schön,
Als es ihm möglich ist.

Giovanni (nachdenkend).
Weil es das schönste
Von allen Kindern war?
Maria.
Ja wohl.
Antonio.
Steh still!
Giovanni.
Mein Vater! werd' ich auch ein Maler werden?
Antonio.
Das wird sich zeigen, wenn du fleißig bist,
Vielleicht.
Giovanni.
O Vater! Ich will fleißig sein.
(Silvestro kommt aus dem Walde heraus; wie er Antonio malen sieht, giebt er Maria einen Wink, und tritt unbemerkt hinter Antonio's Stuhl, das Bild betrachtend.)
Silvestro (für sich).
Wie schön!
Giovanni (zu dem Waldbruder).
Mein Vater sagt, ich werde auch
Ein Maler werden.
Antonio
(wendet sich um und steht auf, wie er den Eremiten gewahr wird.)
Ach, ehrwürd'ger Bruder!
Silvestro.
Laßt Euch nicht stören, bleibt bei Eurer Arbeit;
Die Farben trocknen.
Antonio.
Nein, für dieses Mal
Mag es genug sein, lieber Herr; der Junge
Kann auch nicht mehr aushalten still zu steh'n,
Das junge Blut muß sich bewegen.

Silvestro.
                            Ei!
Was das ein herrliches Gemälde ist!
            Antonio.
Ich habe auch für Euch etwas gemalt
Zu Eurer kleinen Zelle.
            Silvestro.
                    Habt Ihr wirklich
An mich gedacht?
            Antonio.
                    Das kleine Ding ist fertig.
Ich gäb' Euch gern das große, lieber
    Herr,
Ich muß es aber gleich für Geld ver=
    kaufen:
Wir müssen leben.
            Silvestro.
                Lieber Meister Anton!
Ich dank' Euch herzlich. Dieses schöne
    Bild
Wär' gar zu viel für mich, ich brauch's
    auch nicht,
Mein großes Bild ist die Natur; da
    draußen
Im Eichenforst, da offenbart sich mir
Die Göttliche. In den Palast müßt
    Ihr
Die Tafel bringen, in die Burg, die
    Kirche.
Wen Eitelkeit und Leichtsinn nach und
    nach
Von der Natur entfernt, der kann sich
    ihr
Nur an der Hand des Künstlers wieder
    nah'n.
            Antonio.
Meint Ihr, daß unsre Kunst so viel
    vermag?
            Silvestro.
Sie ist die schöne Brücke: Regenbogen,
Die zwischen Erd' und Himmel ausge=
    spannt ist.
            Antonio.
Das ist die Religion.
            Silvestro.
                    Die steht unsichtbar,
Ein Cherubim, und fußet auf dem
    Grund,
Und trägt das bunte Spielwerk auf den
    Flügeln.

            Antonio.
Ach Gott, Ihr müßt es wohl ein Spiel=
    werk nennen.
Jetzt hol' ich Euch das Bild.
            Silvestro,
    (wie Antonio weg ist, wendet er sich hurtig
                gegen Maria.)
                    Liebe Maria!
Wie steht es mit Antonio's Gesundheit?
            Maria.
Ach Gott! Ihr seht, wie blaß er ist.
            Silvestro.
                            Das will
Nichts sagen. Aengstige dich nicht, mein
    Kind.
Es sind ja doch drei lange Monat her,
Seit er den wunderbaren Zufall hatte,
Den Blutsturz?
            Maria.
                Ja.
            Silvestro.
                    Hast da etwas nachher
Gespürt?
            Maria.
    Nein, lieber Herr!
            Silvestro.
                    Die kleine Wunde
Hat sich von selbst geheilt. Sei ohne
    Furcht!
Es hat nichts zu bedeuten. Er ist jung,
Und die Natur in ihm ist frisch und
    heilend.
Er ist sehr lebhaft, das sind alle Künstler.
Das Feuer brennt, kann immer nicht
    bloß wärmen,
Doch seine Leidenschaft ergreift ihn nie
Mit Geiertatzen eines Ungeheuers;
Es rollt ein leichtes Feuer in der Luft,
Und löscht gleich wieder aus. Er muß
    nur ruhig
Und heiter bleiben; und das thut er ja.
            Maria.
Er ist zu sanft und weich für diese Welt,
Er ist wie seine Kunst, ein holder Schein,
Den jede Wolke leicht verdunkeln kann.
Ich sag' es Euch, ehrwürd'ger Vater!
    Ich
Behalt' ihn lange nicht, das fühlt mein
    Herz.

Silvestro.
Maria! Kind! Was sind nun das für Grillen?
Du weinst?

Maria.
Ich werd' ihn lange nicht behalten.
Sein Geist strebt mächtig von der Erde weg.
Das Leben ist ihm nur ein grauer Nebel,
Worin das ew'ge Licht sich farbig bricht.

Silvestro.
Und liebt er dich denn nicht?

Maria.
Ach ja, er liebt mich.

Silvestro.
Und liebt er nicht dein Kind?

Maria.
Ja, wie ein Vater.

Silvestro.
Und liebt er Alles nicht, was liebenswerth?

Maria.
Weiß Gott! das thut er auch.

Silvestro (freundlich).
So laß das Weinen,
Vertrau auf Gott, und hoffe! Mit dem Streben
Von dieser Erde hat es immer Zeit;
Die Künstler lieben sich die Erde, denn
Sie lieben sich das Sinnliche wie Kinder;
Sie mögen gern als kühne Adler sich
Zum Himmel schwingen über Fels und Wolke,
Nicht aber aus dem warmen Aethermeer;
Ein luftig Blut, die leichte Sylphe nährend!
Das liegt in der Natur: das Leben muß
Das Leben lieben. Erst das graue Alter
Starrt ohne Schrecken in die öde Tiefe.

Maria.
Er kommt.

Silvestro.
Er darf dich ja nicht traurig seh'n.
(Sie geht in's Haus hinein.)
Antonio (mit einem Bilde).
Ehrwürd'ger Vater! Da habt ihr ein Bild!

Silvestro.
Ach, eine fromm bußfert'ge Magdalena!

Antonio.
Sie eilte so wie Ihr zum dunkeln Wald:
Doch nicht als frommer Greis, die Einsamkeit
Aus Liebe suchend, müde von der Welt;
Ein sündhaft Mädchen, das mit Reu' und Angst
Wie ein gescheuchtes Reh zum Dickicht floh,
Um der Nachstellung ferner zu entgeh'n.
Doch ist es schön von einem Weibe, mein' ich,
Einmal gefallen wieder sich zu heben;
Es gibt sehr wen'ge Männer, die das können.
So mag sie auch als eine Heilige
Uns vor den Augen steh'n. Und weil sie doch
Ein schönes Weib war, hab' ich so zu sagen
Als Göttin sie der Waldes-Frömmigkeit
Im Bilde dargestellt, als Eure Göttin.
Nun nehmt vorlieb.

Silvestro (lächelnd).
Ihr Künstler könnet doch
Dem Heidenthume gänzlich nie entsagen;
Als Göttin! Meine Göttin!

Antonio.
Göttin, Heil'ge!
Ei nun, das sind zwei Namen einer Sache;
Was gut ist bringt uns Heil, das Heil ist gut!

Silvestro.
Nun wenn Ihr so es meint — Welch schön Gemälde!
Der dunkle Schatten-Wald, die blonden Haare,
Die weiße Haut, das himmelblau Gewand,
Die Jugendfülle und der Todtenkopf,
Das Weiberhafte und das große Buch —
Ihr habt mit vieler Kunst die Gegensätze
In schöner Harmonie hier aufgelöst.

1*

Antonio.
Es freut mich, wenn es Euch also gefällt.
Silvestro.
Sie soll in meiner kleinen Zelle hängen;
Da wird die schöne Morgen=Abendröthe
Bei meiner Morgen=Abendandacht
Sie hell bestrahlen. Gott vergelt' es Euch;
Ich kann es nicht, ich bin ein armer Klausner.
Doch nehmt vorlieb. Nehmt diese Kräuter, Anton.
Sie sind gesund und kräftig, und ihr Saft
Labt als ein warm Getränk die wunde Brust;
Nehmt sie, und trinkt sie Morgens und auch Abends,
Wenn auf die Sonne steigt und untergeht,
Und ich vor diesem schönen Bilde kniee.
Der Saft und mein Gebet und Eure eigne
Natur wird bald Euch völlig heilen, hoff' ich.
Antonio.
Ach, mit der Krankheit ist es längst vorbei.
Doch dank' ich Euch, ich liebe mir ein warmes
Getränk des Morgens.
Silvestro.
Nun, gehabt Euch wohl.
Antonio
(indem der Klausner gehen will).
Hört! Bleibt noch einen Augenblick! Laßt mich
Doch einmal noch das Bildchen seh'n, es schien mir
Als ob es einen Fleck bekommen hätte.
(Er betrachtet mit Liebe sein Bild.)
Doch nein! Es ist ganz rein — So, gut! Lebt wohl.
(Giebt es ihm zurück.)
Silvestro.
Lebt wohl! Ich dank' Euch herzlich noch einmal.
(Ab.)

(Der kleine Giovanni hat sich unter dem vorhergehenden Auftritt ein Stück Kreide geholt und steht jetzt und malt Männer auf des Nachbars Wand.)
Antonio.
Es thut mir immer leid, von meinen Bildern
Mich so zu trennen. Man ist so vertraut
Mit dem geliebten Gegenstand geworden;
Es ist ein Kind, ein Theilchen unsrer Seele!
Die Dichter haben's gut! sie können immer
Die Kinder alle in der Nähe haben;
Der Maler ist ein armer Vater, der
Sie in die weite Welt aussenden muß;
Da müssen sie nachher sich selbst versorgen. —
Was macht der Junge da? Er malet Fresco
Auf unsers Nachbars Wand. Laß bleiben, Hans!
Der Mann wird böse, wenn er es gewahr wird,
Er hat es dir ja oft genug verboten.
Du dummer Junge! wie kannst du die Beine
So machen. (Hilft ihm.) So! so wird es besser werden.
Ha ha! Das ist ein närr'scher Kerl.
So! Gieb
Ihm eine hohe Mütze auf den Kopf.
Giovanni.
Und einen Säbel, Vater! einen Säbel!
Antonio.
Ja!
Giovanni.
Ich will selbst den Säbel machen.
Antonio.
So!
Recht lang und krumm.
Battista
(kommt aus seinem Gasthof heraus und wird es gewahr).
Da steht der alte Mensch
Recht wie ein kleines Kind, und hilft dem Wurm
Die Wand besudeln, statt ihn abzuprügeln.

Antonio! He! hört Ihr?
Antonio (verlegen).
Meister Battista!
Battista.
Was Teufel! Kleckst Ihr auch die Wand mir zu?
Antonio.
Nehmt es nicht übel, lieber Nachbar! Oft
Hab' ich dem Knaben es verboten.
Battista.
Oft?
Und helft ihm noch dazu?
Antonio.
Er machte mir
Die Beine an dem alten Kriegesmann
Gar zu extravagant. Nehmt es nicht übel.
Wie kann es schaden, daß der kleine Schnurrbart
Da an der Wand steht, eine treue Schildwacht?
Er wird die Diebe Euch vom Hause scheuchen.
Battista.
Die Diebe scheucht wohl Ihr mir kaum vom Haus.
Laßt meine Wand steh'n, sag' ich Euch. Wenn Ihr
Den Jungen nicht abstrafen wollt, so werde
Ich selbst es thun.
Antonio.
Nun nehmt es nicht so übel!
Wie kann der kleine Knab' Euch so erzürnen?
Was etwas werden soll, das muß sich früh
Entwickeln. In dem Jungen steckt der Trieb,
Es juckt ihm in den Fingern, er muß malen.
So scheut die kleine Ente nicht das Wasser;
So prüft das Böglein gleich der Flügel Kraft.
Die Luft, das Wasser lockt; so auch die Farbe.

Battista.
Ach, Possen! Habt Ihr jemals meinen Franz
Die Wand wohl so besudeln seh'n? Er war
Ein wohl erzognes, stilles Kind; jetzt wird er
In Rom ein großer Maler werden.
Antonio.
Meint Ihr?
Battista.
Er wird ein großer Maler, sag' ich Euch!
Ein wahrer Künstler, der nach Regeln und
Nach Kenntniß malt; wenn er erst ausgelernt
Bei seinem Meister hat, dann send' ich ihn
Zu Raphael, der soll ihn fertig machen.
Antonio.
Der Raphael ist achtzehn Jahr schon todt.
Battista.
So leben Andre da, die noch nicht todt sind!
Ich habe Geld, ich spare nichts an ihm.
Und weil es einmal Mode doch geworden
Jetzt in Italien, daß man malen soll,
So soll er auch jetzt malen. Habe Geld!
Ich spare nichts an ihm; ich kauf' ihm Pinsel
Und Farben, Tafeln, Bleistift und Palett,
Und was er braucht. Denn nichts ist eklicher
Als wenn die Armuth in die Kunst hinein pfuscht.
Antonio.
Besonders wenn es Geistesarmuth ist.
Battista.
Was sprecht Ihr da? Was wollt Ihr damit sagen?
Antonio.
Meint Ihr, der Pinsel macht den Maler aus?
Der Pinsel wird nie Maler; glaubt es mir.

Battista.
Mein Franz wird Maler Euch zum Trotz, nicht bloß
Dorfmaler, der nur in den Tag hinein
So hinmalt; aber — —

Antonio.
In die Nacht hinein?
Das kann ich auch.

Battista.
Ach, Euer tolles Stück!
Darin ist gar kein Menschensinn. Ihr laßt
Das Kind als ein Johanniswürmchen leuchten.

Antonio.
Versündigt Euch nur nicht — Was redet Ihr
Von Menschensinn? Wollt Ihr das Göttliche
Ergreifen, muß Euch Göttersinn begeistern.

Battista.
Zuletzt, glaub' ich, macht Ihr euch noch zum Gott.

Antonio.
Ich bin ein armer Mann; ich habe mich
Auf eigne Hand erzogen, stelle mich
Nicht den Unsterblichen zur Seite, die
Die Welt mit ihren Werken glücklich machen.
Ich kenne ihre Werke nicht einmal.
Doch daß mich die Natur zum Künstler auch
Gemacht hat, daß ich keinen Hohn verdiene,
Das glaub' ich, und ich bin der Einz'ge nicht,
Der dieses glaubt.

Battista.
Weil mancher gute Tropf
Bisweilen Euch mit gar zu großen Summen
Das bunte Machwerk abgekauft, meint Ihr?

Antonio (lustiger).
Ei nun, Battista — Ihr seid Gastwirth!
Bravo!
Ihr seid ein guter Koch; — Bravissimo!
Ein guter Koch ist aller Ehre werth.
Ihr habt mich und mein armes Weib gespeist;
Ich bin euch noch die kleine Summe schuldig. —
Geduld! ich werde bald mein Bild verkaufen.
Laßt das Euch nicht in üble Laune bringen.
Wenn Euer Sohn nicht Maler werden kann,
Kann er was Andres werden. Jedermann
Darf in der Welt nicht Maler sein. Es muß
Auch Leute geben, die sich malen lassen.
Seid nicht verdrießlich, habt Geduld, versieht
Mich mit dem Nöthigen noch heut und morgen.
Ich werd' Euch übermorgen Alles zahlen.

Battista.
Nichts kriegt Ihr, eh' Ihr Alles mir bezahlt.

Antonio.
Nun — Betteln mag ich nicht, dann hungr' ich lieber.

Ein Bote
(kommt zu Battista).
Ein Brief aus Rom. (Ab.)

Battista
(öffnet den Brief und sieht die Unterschrift).
Von Meister Lucas, meines Sohnes Lehrer?
Nun sollt Ihr seh'n, das wird ganz anders klingen.

Antonio
(hält ihn vom Lesen zurück).
Ist dieß der erste Brief, den er Euch schreibt?

Battista.
Ja, aber es wird nicht der letzte sein.

Antonio.
Er ist bekannt nur als ein Biedermann,
Und als ein tüchtiger und guter Künstler.
Wohl, wagen wir die Wette, daß der Lucas
Von Eurem Sohn dasselb'ge meint, als ich?

Battista.

Wie?

Antonio.
Wetten wir — um eine Mittagsmahlzeit?

Battista.
Und wenn nun Ihr verliert, was krieg' ich denn?

Antonio.
Dann geb' ich Euch mein großes Bild.

Battista.
Das neue?

Antonio.
Das neue Bild um eine Mittagsmahlzeit;
Der Lucas sagt: Franz wird kein Maler werden.

Battista.
Ihr seid ein thörichter, leichtsinn'ger Mensch!
Beklagt Euch nicht, wenn Ihr verloren habt.

Antonio
(reicht ihm die Hand).
Gewiß nicht. Wetten wir?

Battista.
Ich bin's zufrieden.
Wir brauchen uns die Hände nicht zu geben.
Das thut nur Freund und Freund.

Antonio.
Ich bin Eu'r Feind
So wenig, wie der Franz ein Maler ist.

Battista.
Das sollt Ihr sehen.

Antonio.
Lest.

Battista (liest).
„Nehmt Euren Sohn
Zurück! Er ist zum Künstler nicht geboren,
Und Ihr verschwendet nur das Geld an ihn."
(Er hält vor Zorn inne.)

Antonio.
Hab' ich es nicht gedacht? Das wußt' ich wohl.
Seht Ihr? Der Pfuscher kann bisweilen auch
Etwas errathen? — Nun, was zürnet Ihr?
Seid froh, daß Ihr in eines Mannes Hände
Gefallen seid, der nicht von Eurem Sohn
Die goldne Zeit, und nicht von Euch das Geld stiehlt!
Nehmt Euren Franz zurück, und laßt ihn hier
Euch in der Wirthschaft helfen, das ist besser,
Und weit einträglicher in jeder Rücksicht.
Nun, seid nicht zornig; findet Euch darein.
Auf Wiederseh'n! Vergeßt die Wette nicht;
Ich mahnt' Euch nicht, wenn uns die Noth nicht mahnte. (Ab.)

Battista (allein).
„Nehmt Euren Sohn zurück; er wird —"
Verdammt!
Und dieser Wicht bläht sich und triumphirt!
Und ich, ich stehe da, ein armer Teufel —
Ha, wüßt' ich nur, wie ich den Kerl beschämen,
Demüth'gen könnte. Da, da steht mein Haus!
Da seine Hütte; und kein Fremder kehrt
Zu mir hinein, der nicht den Elenden
Besucht, um seine Gaukelei'n zu sehen.
Man spricht weit mehr von ihm in fremden Städten,
Als von —
(Ottavio kommt aus dem Gasthofe.)
Da kommt der Herr!
Gefaßt! Er mag nicht ernste Leute leiden.

Ottavio.
Wie geht's, Battista? Was? Du scheinst betrübt.
Was hast du da? Ein Liebesbriefchen? Ei,
Hat deine Schöne dir den Korb gegeben?

Battista.
Nicht mir, doch meinem Sohne, Herr.

Ottavio.
Wie so?

Battista.
Die Musa, oder wie sie heißt, was weiß ich's!
Der Meister schreibt aus Rom, ich soll ihn nur
Zu Hause wieder nehmen, denn er kann
Nicht Maler werden.

Ottavio.
Nun, das ist mir lieb;
So kann er jetzt mein Rechnungsführer werden,
Mein Hausverwalter.
Battista.
Excellenz! Eu'r Gnaden —
Ottavio.
Ich hab' es lange dir vorschlagen wollen;
Du bist mir zu entfernt; ich muß bei mir
Stets einen Menschen in der Nähe haben.
Seit du den Gasthof hast, entbehr' ich dich.
Es ist mir nicht genug, daß wöchentlich
Du einmal nur zu mir nach Parma kommst. —
Battista.
Ach Excellenza! Eure Gnade rührt
Mein Vaterherz — zu Thränen, möcht' ich sagen.
Ottavio.
Wie bist du auf den tollen Einfall wohl
Gekommen, ihn zum Maler zu erzieh'n?
Battista.
Weil es doch Mode in Italien ist;
Weil jetzt die Künstler werden so geschätzt —
Daß nicht einmal der Kardinäle Nichten
Zu Frau'n sie haben wollen —
Ottavio.
Hat Antonio
Vielleicht dich aufgemuntert durch sein Beispiel?
Battista.
Ach Gott, das ist ein armer Teufel; der
Giebt keinen hohen Damen wohl den Korb.
Er hat sich mit weit Wenigerm begnügt:
Denn seine Frau ist eines Töpfers Tochter.
Ottavio.
Battista! ich beneid' ihn um die Wahl,
Denn sie verhält sich zu den hohen Damen,
Wie eine Rose zum gemalten Topf.
Battista.
Nun — ja!

Ottavio.
Weißt du, warum ich dieses Mal
So lang' hier bleibe?
Battista.
Excellenza liebt —
Ottavio.
Du weißt?
Battista.
Die schöne Gegend, braucht mein Haus
Als eine Sommervilla, so zu sagen:
Es thut mir herzlich leid, daß Excellenza
Nicht dieß Mal länger hier verweilen kann.
Ottavio.
Mir thut es leider — Hast du schon das Pferd
Aufsatteln lassen?
Battista.
Ja, es steht schon da.
Ottavio.
Du kommst doch nach?
Battista.
Versteht sich, Excellenza!
Noch heute.
Ottavio.
Gut. Um aber auf den Maler
Zurückzukommen, weißt du wohl, mein Freund,
Daß dieser arme Maler einen Schatz
Besitzt, um den ich ihn beneide?
Battista.
Er?
Nichts hat er, nichts besitzt er, keinen Heller.
Ottavio.
Doch gäb' ich manchen Heller gern dazu.
Wenn mein das wäre, was der Mann besitzt.
Battista.
Ei, Excellenza setzt mich in Erstaunen.
Ottavio.
Eine Madonna hat er, die ich gern
Mir kaufen möchte.
Battista.
Ach, das neue Bildwerk!
Das mag doch wohl nicht viele Heller werth sein.
Erlaubt mir, Excellenza, es zu sagen?
Es ist kein Ideal der Mutter Gottes.

Es ist nichts mehr und auch nichts weniger,
Als nur ein Abriß seiner eignen Frau!
Ottavio.
Und wenn nun eben das Original
Für mich die lieblichste Madonna wäre?
Battista.
Ach, Excellenz! da geht ein Licht mir auf!
Des Malers Frau hat vor Eu'r Gnaden Augen
Gnade gefunden!
Ottavio.
Sprich doch nicht so thöricht;
In dem Verhältniß zwischen Frau und Mann
Ist stets die Gnäd'ge, wenn sie schön ist.
Die Schönheit ist der Frauen Adels-Wappen.
Battista.
Eu'r Gnaden denken als ein wackrer Ritter,
Macht Eurem Stand und Euren Ahnen Ehre;
Ihr möchtet — daß die Frau — Euch gnädig wäre!
Ottavio.
Doch möcht' ich auch nicht gern den Mann beleid'gen.
Du kennst ihn; sprich, gehört er zu den Leuten,
Die —
Battista.
Ach mein Gott! es ist ein gut Stück Mensch,
Der in der Welt nur wie im Traume lebt.
Ich glaub', er hat sich nur die Frau genommen,
Um ein Modell für wenig Geld zu haben.
Es ist ein liebenswürdiges Geschöpf.
Ihr mögt sie wohl Madonna nennen.
Aber
Der Mann behandelt sie nicht nach Verdienst;
Er läßt es ihr an Allem mangeln, was
Ein blühend junges Weib sich wünschen könnte.
Er kann sie nicht einmal ernähren. Sanft
Erträgt sie und geduldig doch ihr Unglück.
Eu'r Gnaden thäten wohl ein christlich Werk,
Der lieben Seele hold Euch anzunehmen.
Ottavio
(wendet sich und wird Antonio gewahr, der wieder heraus gekommen ist und malt).
Da malt er wieder an dem süßen Bilde —
Ich will es ihm abkaufen, ihn nach Parma
Einladen gleich mit Frau und Kind; er soll
Mir den Plafond im großen Saale malen.
(Er naht sich Antonio und grüßt ihn.)
Battista (für sich).
O es geht schön. Die Rache kommt von selbst.
Ottavio.
Nun wird das Bild doch bald vollendet sein.
Nicht, Meister Anton?
Antonio.
Ja, mein gnäd'ger Herr!
Ich hoff' es heute fertig noch zu machen.
Ottavio.
Ist es bestellt?
Antonio.
Nein, lieber Herr! es sucht
Noch stets den Käufer.
Ottavio.
Eine solche Schöne,
Wie Eure liebliche Madonna da,
Wird lange nicht zu suchen nöthig haben;
Es wird sich ein Liebhaber bald einfinden.
Antonio.
Liebhaber finden sich genug; damit
Ist aber nicht die Sache abgemacht.
Es muß so wunderlich zusammentreffen,
Daß der Liebhaber auch der Käufer wird.
Wenn von Liebhaberei die Rede wäre,
Da braucht' ich mit dem Bild nicht weit zu geh'n.
Ich weiß schon Einen, der es herzlich liebt,
Und dem ich es am gernsten überließe,
Wenn er es mir bezahlen könnte.

Ottavio.
                          Wer
Ist das?
            Antonio.
Das bin ich selbst, mein Herr!
            Ottavio.
                          Ja so;
Ich glaub' Euch; Ihr habt Recht, das
    Bild zu lieben,
Es ist sehr gut gemacht, es macht Euch
    Ehre.
            Antonio.
Ach Herr! ich lieb' es nicht der Ehre
    wegen.
Ein Künstler muß die eig'ne Arbeit lie-
    ben.
Es ist nicht Eitelkeit; er liebt es wie
Die Einsicht, die Vorstellung seiner Seele.
            Ottavio.
Nun, nun, ich meine, Meister Anton
    wird sich
Zu trösten wissen. Man hat mir gesagt,
Daß diese liebliche Madonna doch
Nicht ganz und gar so aus der Seele
    kommt;
Daß etwas Aeußerliches in der Welt
Noch lebt, das Vieles dazu beigetragen.
Die holde Veranlassung bleibt Euch ja;
Ihr habt die schöne Statue im Hause;
Was Ihr verkauft ist nur in Gips der
    Abdruck.
            Antonio.
Ein Abdruck kann wohl dieses Bild nicht
    heißen.
            Ottavio.
Meister Antonio, wollt Ihr mir das
    Bild
Verkaufen?
            Antonio (springt auf).
Gnäd'ger Herr! von Herzen gern.
            Ottavio.
In Parma hab' ich einen großen Saal
Für treffliche Gemälde bauen lassen.
Es lebt kein großer und kein guter
    Maler,
Von dem ich nicht ein Werk besitze. Ihr
Müßt auch da hangen.
            Antonio.
Gnäd'ger Herr! Ihr zeigt

Mir gar zu große Ehre. Habt Ihr
    wirklich
Von allen Meistern Bilder da?
            Ottavio.
                          Ja wohl.
            Antonio.
Wenn einige alte Altartafeln ich
Ausnehme, hab' ich keine Sachen von
Den großen Meistern noch geseh'n.
            Ottavio.
                          Wie seid
Ihr Maler denn geworden?
            Antonio.
                          Gott mag's wissen;
Es ist so nach und nach von selbst ge-
    kommen.
            Ottavio.
Nun gut; wenn Euer Bild Ihr fertig
    habt,
Dann kommt zu mir nach Parma mit
    dem Bilde;
Da sollt Ihr alle meine Schätze seh'n.
Ich will für dieses Bild Euch achtzig
    Scudi
Sogleich auszahlen lassen.
            Antonio (bestürzt).
                          Lieber Herr!
Das ist zu viel, das hab' ich nicht ver-
    dient.
            Ottavio.
Ein Edelmann muß alles Edle schätzen;
Er handelt nicht mit einem wackern
    Künstler;
Er lohnt, er unterstützt ihn.
            Antonio.
                          Gnäd'ger Herr!
            Ottavio.
Ihr sollt mir auch mein Bild in Parma
    machen.
Thut aber jetzt mir den Gefallen, Mei-
    ster!
Und bittet Eure junge Frau heraus
Zu treten, einen Augenblick, damit
Ich sehe, ob das Bild ihr ähnlich sei.
            Antonio.
Sie ist ein wenig blöde, gnäd'ger Herr!
Vor fremden Leuten, und besonders vor
So großen Herrn.
            Ottavio.
            Ei nicht doch! thut mir den

Gefallen; ruft sie her!
Antonio.
Nun, wenn Ihr's wollt.
Doch wie gesagt, die Aehnlichkeit ist nicht
Auf die Art nachgestrebt, wie Ihr es meint;
Denn ich verstehe nicht das Contrafei'n
Im eigentlichsten Sinn. (Er ruft.) Maria!
Frau!
Es ist nur — nun, Ihr werdet seh'n!
— Maria!
Maria (kommt).
Was willst du, lieber Mann?
(Sie wird Ottavio gewahr und grüßt ihn.)
Antonio
(beiseit zu ihr).
Der Herr will mir
Das Bild abkaufen, giebt mir achtzig Scudi.
Es ist ein edler guter Mann; gewiß!
Er schätzt die Kunst und unterstützt den Künstler.
Jetzt will er seh'n, ob die Maria da
Im Bilde der Maria draußen gleicht.
Ottavio.
Ihr nennt Euch auch Maria, schöne Frau?
Maria.
Zu dienen, gnäd'ger Herr.
Ottavio
(betrachtet das Bild flüchtig und Maria innig).
Wie freut es mich
Die Aehnlichkeiten und — Unähnlichkeiten
Der zwei Madonnen zu entdecken. Meister!
Ihr habt hier viele Kunst gezeigt; Ihr habt
Der blühenden Natur, der seltnen Schönheit
Von Eurer holden Gattin einen Anstrich
Von Heiligkeit und frommer Schwärmerei
Gegeben, die sie gar vorzüglich kleidet.
Ich weiß nur Etwas, das sie besser kleidet:
Die Unschuld, und die liebenswürd'ge Einfalt,
Womit sie die Natur selbst ausgerüstet.

Wer Euer Bild nur sieht, wird hingerissen
Von der Madonna werden, er wird sagen:
Es giebt in der Natur nichts Lieblichers.
Wer aber Eure Frau daneben sieht,
Wird mit Entzückung rufen müssen: Das
Vermag nur Gott, kein Maler, zu erschaffen.
Ich, den die Kunst, wie die Natur erfreut,
Muß Eurer Gattin Lieblichkeit und Schönheit
Und Eure Fähigkeit zugleich bewundern.
Antonio.
Ihr seid sehr gütig, gnäd'ger Herr.
Ottavio.
Nun wohl,
Ich muß jetzt reisen, kann nicht länger warten,
So gern ich auch von Kunst, Natur und Schönheit
Mich fesseln ließe — Aber folgt mir nach,
Sobald das Bild Ihr fertig habt. Wir werden
Dann weiter einig werden. Mein Palast
Ist groß; es werden sich da Zimmer finden
Für einen Künstler, wie für Frau und Kind.
Ihr habt in Parma art'ge Frescobilder
Gemalt in San Giuseppe, San Giovanni!
Ihr sollt im Saale mir die Decke malen.
Lebt wohl, mein Freund! Lebt wohl, holdsel'ge Frau!
Es kommt auf unsern eig'nen Willen an,
Dann werden alle wir recht glücklich werden.
(Ab.)
Battista.
Antonio, nun? Hab' ich Euch schlechte Kundschaft
Gebracht?
Antonio.
Kommt, gebt mir Eure Hand, vergebt!
Ihr seid ein wackrer Mann.

Battista
(boshaft lächelnd).
              Nicht wahr? Nun wohl!
Jetzt geh' ich, Euch die Mahlzeit zu be=
    reiten.   (Ab.)
       Antonio (entzückt).
Es ist bei Gott doch wahr: sobald die
    Noth
Am größten ist, ist auch die Hilfe da.
Nun Frau, Maria! freue dich mit mir.
          (Er umarmt sie.)
Es ist doch wahr, was ich so oft be=
    haupte:
Es giebt noch gute Menschen in der Welt.
Ein Mann braucht nur zu wirken, was
    zu leisten,
Dann trifft er Gönner auch, und Hilf'
    und Freunde.
Du bist so ernst! O freue dich mit mir!
Jetzt kann ich nicht den Pinsel führen;
    nein!
Es zittert mir die Hand so wie das
    Herz
Vor Lust. (Giovanni kommt.) O lieber,
    lieber Herzensjunge!
Komm mit dem Vater! Sollen gleich zu
    Tisch;
Bis dahin wollen wir zusammen spielen.
   (Er nimmt den Knaben auf den Arm und
        geht in's Gehölz mit ihm.)
         Maria (allein).
Mich freu'n! O Gott es ahnet mir nichts
    Gutes;
Der Graf — er hat — wie oft — durch
    Händedruck
Und Blick — — Mein Gott! Armer
    Antonio,
Du freust dich? Deine reine gute Seele
Hat keine Ahnung von der Schändlich=
    keit.
Doch der Elende soll beschämet werden;
Du aber! Deine Hoffnung, deine Freude!
„Er muß sich vor Gemüthsbewegung
    hüten!
Muß fröhlich, heiter sein." — Ha, alter
    Klausner!
Wardst aus dem dunkeln Walde du ge=
    sandt
Vom blassen Tod, ein Herold, mich zu
    warnen?

Der Himmel ist nicht länger mild und
    blau,
Ein brennender Sirocco weht uns an.
Das Ungewitter kommt auf braunen
    Wolken
Und schwebt schon über unsrer kleinen
    Hütte.
Ach! das bescheidne Glück darf nicht mehr
    blüh'n;
Es schlägt der blaue Schwefelstrahl hinein
Mit wilder Lust — Und wir! — Wer
    rettet uns?

Zweiter Akt.

Dieselbe Scene.

(Michel Angelo. Giulio Romano.)
        Giulio.
Kommt! Seht Ihr, dieser Platz ist kühl
    und luftig,
Von Bäumen überschattet, und da steht
Der Gasthof; wie gesagt, ein großes
    Haus,
Und neu dazu. Wir sind gewiß weit
    besser
Hier als in Reggio.
        Michel.
        Der verdammte Kerl!
        Giulio.
Nun, Meister Michel! Ihr seid heiß ge=
    worden;
Kein Wunder, denn die Mittagssonne
    brennt.
Kühlt unter diesem Baum Euch wieder
    ab.
Man sagt, der Wirth hat einen guten
    Wein.
Und scheltet mir den Fuhrmann nicht zu
    sehr;
Ein Rad zerbricht ja leicht, wer sieht's
    voraus?
Rollt doch das große Rad der Zeit mit=
    unter
So holpricht, daß man glauben möcht',
    es wäre
Zerbrochen.

Michel.
Ach, mit Eurem Rad der Zeit!
Giulio.
Dann geht es wieder oft so wie im Schlitten,
So daß man gar nicht glaubt, da sei ein Rad.
Michel.
Ach laßt das Witzeln!
Giulio.
Wenn der Zorn Euch läßt.
Michel.
Da könnt Ihr lange warten.
Giulio.
Gut; ich habe
Noch ein'ge Späß' im Vorrath. Kommt! und setzt
Euch unter diesen Eichenbaum; es sollte
Der Lorbeer freilich Euch das Haupt umschatten;
Doch nehmt vorlieb! dieß Laub ist auch recht schön —
Dem Lorbeer anverwandt.
Michel (setzt sich).
Ihr seid sehr höflich.
Giulio.
Im unsre Mittagsmahlzeit heut beim Herzog
In Modena sind wir gebracht.
Michel.
So scheint's.
Giulio.
Der edle Wirth, und der aus Mantua
Erwarten uns vergebens.
Michel.
Laßt sie warten.
So üben sich die Herren in Geduld;
Sie können's nöthig haben.
Kellner (kommt).
Was befehlen
Die Herrschaften?
Giulio.
Bringt Wein, mein Sohn! Was habt Ihr
für Weine?
Kellner.
Alle Sorten, Excellenza!
Michel.
Aus einer Tonne ausgezapft, nicht wahr?

Giulio.
Bringt uns den besten!
Michel.
Nicht doch — Immer macht Ihr
Die Leute glauben, daß wir Fürsten sind,
Die nur incognito, der Laune wegen,
So reisen, um durch Zehren und durch Zahlen
Großmüthig sich beim Weggeh'n zu entdecken —
Sag' Bursche! Habt Ihr guten Florentiner?
Kellner.
Ja wohl, mein Herr.
Michel.
So bring' ein Maß heraus.
(Kellner ab.)
Giulio.
Wollt Ihr nicht lieber von dem Süßen?
Michel.
Gott
Soll mich bewahren. Wollt Ihr süßen?
Wartet,
Ich will den Jungen rufen.
Giulio.
Nein, ich trinke
Mit Euch.
Michel.
Da thut Ihr wohl. Das Süße taugt
Nur selten, sparsam nur genossen; hier
Würd' es nun vollends unnütz sein.
Nehmt vor
Dem Süßen Euch in Acht; erinnert Euch;
Eu'r großer Meister Raphael starb davon.
(Bursche mit Wein.)
Giulio.
Da ist der Wein. (Schenkt ein und trinkt.)
Ach, das ist gut. Wie labend
Ist doch ein kühler Trunk am schwülen Tag!
Michel (kostet den Wein).
Der Wein taugt nicht — Er ist mit Kupfer ja
Versetzt. Was Teufel! wollt Ihr uns vergiften?
Sogleich 'nen andern Wein, n'en beß'ren her!

Sonst werf' ich dir den Becher in's
Gesicht.
\ Kellner.
Wir haben einen bessern, er ist theuer.
\ Michel.
Für fünf Bajocs trink' ich den besten
Wein;
Nur her damit sogleich.
\ Kellner (beiseite).
\ Der Herr versteht's.
\ (Ab.)
\ Giulio
(lächelt Michel halb bewundernd an; halb
vor sich.)
Im Kleinen wie im Großen; stets der
Alte.
\ Michel.
Was meinet Ihr?
\ Giulio.
\ Ich meine, Meister Michel,
Ihr könntet gern Weinküper sein, wenn
Lust
Ihr dazu hättet. Wißt Ihr wohl war-
um?
\ Michel.
Nun denn?
\ Giulio.
Weil die Natur Euch eine Vollmacht
Auf Eure Ambassade mitgegeben,
Die nach Belieben Ihr vergrößern und
Verkleinern könnt.
\ Michel.
\ Das Letzte ist sehr leicht,
Das seh'n wir hier. Ist es doch schänd-
lich nicht?
Italien ist ein Paradies; es quillt
Der Wein ringsum in großen schweren
Trauben
Auf allen Wegen, von der Mittagssonne
Gekocht, gereift, mit Feuer und Geist
erfüllt;
Die niederträcht'ge Trägheit nur des
Menschen
Verdirbt die Gabe Gottes und ver-
fälscht sie.
Ist es doch schändlich nicht?
\ Giulio.
\ Nun laßt das gut sein!

Da kommt ein Becher, er wird besser
sein.
\ (Kellner mit Wein.)
\ Michel (schmeckt).
Der Wein ist gut.
\ Kellner.
\ Befehlen meine Herren
Sonst etwas?
\ Michel.
\ Wenn es Zeit ist.
\ (Kellner ab.)
\ Giulio.
\ Wollen wir
Ein Mittagsessen uns bestellen? Wäh-
rend
Die Tafel man bereitet, können wir
Ja in die Kirche geh'n, und ein'ge Bil-
der
Von alten Meistern seh'n. Da sollen
Sachen
Von Giotto hängen, selbst von Cimabue.
\ Michel.
Und wären von dem heil'gen Lucas selbst
Die schönsten Köpfe da im goldnen
Grund —
Ich ginge nicht. Hab' ich in dieser Hitze
Genug nicht ausgestanden? Soll ich
noch
Mich dahin schleppen, um in feuchten
Gängen
Zu seh'n, wie in der Dunkelheit der
Kunst
Sie lang herumgetappt? Ich bin es satt.
Als Curiosität mag es so hingeh'n
Für ein'ge Zeit. Was lern' ich aber da?
Erfinden, Köpfe machen kann ich selbst;
An schöne Formen ist da nicht zu denken.
Ich mag es nicht. Lauft Ihr dahin.
\ Ihr habt
Von Eurem Raphael ja doch als Erb-
schaft
Bewund'rung für das altkathol'sche Wesen
Bekommen. Aber nehmt Euch wohl in
Acht,
Daß auf dem nächsten Bilde, das Ihr
malt,
Ihr nicht den Helden mit zu schmalen
Armen
Und Schenkeln macht. Für einen Hei-
ligen

Mag es so hingeh'n; doch der Heldenleib
Will etwas tüchtiger geknetet sein.
    Giulio.
Da spricht der Bildner wieder, nicht
 der Maler.
Der Stein drückt Glieder aus, die Farbe
 Seele.
Den schönen Körperbau lehrt uns der
 Grieche.
Doch das Gesicht ist in dem Stein er=
 bleicht,
Und sel'ges Licht entfunkelt nicht dem
 Auge.
Um das Gemüth, das aus den Mienen
 spricht,
Recht zu ergreifen, lieber Meister! müssen
Wir in der Kunst einfält'ge Kindheit
 blicken.
    Michel.
Nun, blickt so viel Ihr wollt. Ich bleibe
 hier;
Ich lasse lieber mich von kühlen Lüften
Im Schatten eines grünen Baums um=
 fächeln,
Als ich in traurigen Salpeterhöhlen
Und Chören nach den alten Heil'gen
 krieche.
    Giulio.
Geht mit! Ihr habt Euch oft schon so
 geäußert.
Wenn Ihr Euch aber überreden ließet
Nach einem alten Kunstwerk mitzugeh'n,
Hat Euch die Einfalt und die stille Kraft
Doch auch erfreut. Ihr habt ein Künst=
 lerherz;
Der Poltergeist tobt nur auf Euren
 Lippen.
   Michel (lauscht).
Ihr seid sehr gnädig; tröstet mich! Geht
 nur.
An mir ist Hopfen doch und Malz ver=
 loren.
Ich habe nicht die Seele, das Gemüth,
Wie Ihr es nennt, gleich Eurem großen
 Meister.
Ich bin kein Raphael, das weiß ich wohl!
    Giulio.
Die Kräfte der Gewalt'gen sind ver=
 schieden.
Erzengel seid ihr Beide in der Kunst;
Michael, Raphael, wer ist der Erste?
Ist Er ein Cherubim mit Silberflügeln,
Und blüh'ndem Kinderkopf: Ihr strahlt
 in Erz
Ein Seraphim mit sechs gewalt'gen
 Schwingen.
    Michel.
Der Kupfergeist im Wein macht Euch
 poetisch.
Geht nur, Herr Urian — was wollt'
 ich sagen,
Herr Uriel. Ihr seid ja doch der
 Dritte?
Nicht wahr? Geht nur, Herr Schmeich=
 ler! schöne Weiber
Könnt Ihr beschwatzen, mich nicht.
    Giulio.
   Kommt! Geht mit!
    Michel.
Nein!
    Giulio.
 Nun so bleibt, Halsstarriger —
  bestellt uns
Ein gutes Essen.
    Michel.
   Ich bedaure, daß
Ihr heute nicht beim Herzog schmausen
 könnt;
Ich bin ein florentin'scher Bürgersmann,
An Handwerkskost gewöhnt. Wollt Ihr
 mit mir
Zu Mittag essen, müßt Ihr Euch be=
 scheiden.
    Giulio.
Macht's, wie Ihr wollt.
    Michel.
   Grüßt Eure Heil'gen vielmals.
    Giulio.
Ich werde ihnen Euer Fasten melden;
Das wird sie freu'n, sie lieben strenge
 Buße.
      (ab.)
    Michel.
Du Witzling! Hat er nicht mit seinem
 Schwatzen
Mich aus der üblen Laune fast gebracht?
Ein wackrer Kerl, der Giulio Romano!
Könnt' er sich der Galantheit nur ent=
 wöhnen.
     (Er trinkt.)

(Battista kommt.)
Michel.
Was kommt denn da für eine Fratze wieder?
Battista.
Ich höre hier zu meinem größten Schrecken,
Wie Euren Gnaden mit dem Wagen leicht
Ein Unglück hätte hier begegnen können.
Gott sei gelobt, daß Alles gut gegangen.
Sie hätten sich sehr leicht verwunden können,
Ein Loch in'n Kopf geschlagen; wenigstens
Doch einen Arm gebrochen; oder was
Noch ärger wär', ein Bein. Denn streng genommen,
Die Arme könnten Eure Gnaden doch
Zur Noth entbehren; aber ohne Beine,
Wie kommt man ohne sie fort in der Welt?
Weil aber doch das Unglück treffen sollte,
So ist es gut, daß hier es eingetroffen;
Man soll sich selbst nicht rühmen; doch mein Haus
Ist gut, und die Bewirthung nach Verlangen.
Michel.
Das haben wir gleich an dem Wein erfahren.
Battista.
Ich hab' den Knaben tüchtig ausgescholten,
Weil er den schlechten Wein so großen Herren,
Wie Eure Gnaden, brachte. Unterschied
Muß immer sein. Wir sind zwar alle Menschen,
Doch lieber Gott, die Stufen sind verschieden.
Michel.
Kein Mensch kann Kupfer in dem Leib vertragen.
Battista.
Es ist nicht Kupfer, Excellenza! nur
Ein wenig Wermuth, um den frischen Wein
Ein bischen herb zu machen für den Magen;
Es ist gesund, recht gut. Doch das versteht sich,
Eu'r Gnaden müssen einen bessern haben.
Michel.
Ich bin nicht gnädig, keine Excellenza;
Auch ist das nöthig nicht, um gut zu trinken.
Battista.
Darf ich des Herren Namen mir ausbitten?
Michel.
Man nennt mich Meister Michel aus Florenz.
Battista (für sich).
Wie? Michel aus Florenz? So einen Wagen,
Bediente, Pferde! Bah! Das will ich wetten,
Das ist ein großer Herr, das merkt man an
Dem Stolz — doch still — man muß den Launen folgen.
(laut.)
Nun also — Meister — Michel aus Florenz!
He, he! Womit kann man zum Mittag dienen?
Michel.
Lacht Ihr mich aus?
Battista.
Bewahre Gott! He, he!
Es ist nur so des Namens wegen.
Michel.
Teufel!
Was habt Ihr gegen diesen Namen, Herr?
Ein Herzog braucht sich seiner nicht zu schämen.
Battista.
Gewiß nicht. Namen sind Benennungen,
Nur Töne, die gleich in der Luft verfliegen.
Ich nenne zum Exempel mich Battista;
Das will nicht sagen, daß getauft ich bin.
Denn — freilich das versteht sich ja von selbst.
Michel.
Und was bedeutet wohl mein Name, glaubt Ihr?

Battista.
Da steckt was drunter.
Michel.
Also kennt Ihr mich?
Battista.
An Euren Attributen, bester Herr!
Michel.
Habt Ihr von meinen Sachen was ge=
seh'n?
Von meinen Attributen, wie Ihr's nennt.
Battista.
Nun — Attributen, Stuten, das ist
Eins.
Michel (ungeduldig.)
Wisset Ihr, daß ich der Buonarroti bin?
Battista.
Ist's möglich! Michel — Michel —
Buonarroti!
Ja, ja! weiß Gott, es trifft zusammen, ja
Der Angelo braucht nur dazu zu treten,
So haben wir den ganzen großen Mann.
O seltnes Glück! Schließt mein geringes
Haus
Den größten Künstler zwischen seine
Wände?
Michel.
Sehr möglich, lieber Freund! Ich sitze
draußen.
Battista.
Was muß ich heut erleben! Welche Freude!
Mein edler Herr, verlangt, eßt, trinkt
und schlaft
In meinem Haus so viel, so lang Ihr
wollt.
Ich nehme keinen Pfennig, keinen Heller
Von Euch, nein wahrlich nicht.
Michel.
Wie so?
Battista.
Wie so?
Glaubt Ihr der Gastwirth, der den
Raphael
Umsonst herbergte, (dem der Raphael
Ein schönes Bild in seinem Speisesaal
Beim Weggeh'n zur Vergeltung malte),
glaubt Ihr,
Daß er der Einz'ge ist von unserm
Stande,
Der Liebe für die Kunst im Herzen
trägt?

Nein, wahrlich nicht. Wie Ihr den
Raphael
Nach Aller Meinung dreimal übertrefft,
So muß auch meine Liebe und Bewun=
derung
Hier dreimal größer sein.
Michel.
Und, wie natürlich,
Muß meine dreimal größre Dankbarkeit
Drei Bilder Euch dafür im Saale machen.
Battista.
Bewahre Gott! Das kleinste Stückchen
Marmor
Von Euch nur flüchtig mit dem Meister=
meißel
Berührt; was braucht' ich andern Talis=
man,
Um rings herum die Welt in's Haus
zu ziehen?
Michel.
Bedaure sehr, daß jetzt ich Zeit nicht
habe;
Sonst würd' ich Euch ein allegorisch
Bild,
Den Eigennutz, in Lebensgröße machen.
Ich habe das Modell schon ganz dazu!
(Er wird Antonio gewahr, der wieder in
seiner Flur sitzt und malt.)
Doch seh' ich recht? Per Bacco, ja.
Da sitzt
Ein Maler, in der Arbeit ganz vertieft.
Wahrhaftig, ja, so ist es! Mann! Was
braucht
Ihr mich zu bitten, wenn Ihr schöne
Geister,
Ausübende Künstler selbst im Dorf
besitzt?
Battista (beiseit.)
Er macht mir nichts, das seh' ich schon.
Wohlan
Etwas muß seine Gegenwart mir nutzen.
Michel.
Wer ist der Mensch, der da so fleißig
malt?
Battista.
Er ist mein bester, mein getreuer Freund.
Michel.
Gleich eine treffliche Empfehlung. (für
sich.) Ist er

Oehlenschl. Correggio.   2

So edel in der Kunst, wie in der Freund-
 schaft,
Dann wird er sich dem Ideale nähern.
                Battista (für sich.)
Es geht. (laut.) Mein Herr! Ihr solltet
 ihn nur kennen.
'S ist ein Originalgenie; er bildet
Sich nicht nach großen Mustern, nicht
 nach Studien;
Nein, alles kommt schnurgrad von der
 Natur
Aus seinem Geiste auf das Blatt hinaus.
Er sagt: So muß man's machen, denn
 das Künsteln
Verdirbt die wahre Kunst. Wie da er
 sitzt,
Man sollt' es ihm nicht anseh'n, doch
 ich schwör's Euch,
Dünkt er sich größer als der Raphael.
                Michel.
Das ist die rechte Höh'.
                Battista.
              Sonst ist's ein guter
Und liebenswürd'ger Mann. Er mag
 nur nichts
Von Künstlern in der Stadt, und so
 was hören.
Er meint, das sei nur ein vornehmes
 Wesen.
Er nennt es viel Geschrei und wenig
 Wolle.
                Michel.
Da hat er recht, die Schafzucht und die
 Wolle
Gedeih'n am besten, wo viel Grasung ist.
                Battista.
Sein kleiner Sohn hat auch schon viel
 Genie;
Da steht noch seine Zeichnung auf der
 Wand.
Der Vater hat ihm wenig nur geholfen.
Ihr solltet seine Lust gesehen haben,
Wie er des Kindes Fähigkeit bemerkte.
                Michel.
Ich sehne mich, den großen Mann zu
 kennen;
Ist so der Apfel schon, was wird der
 Baum!

                Battista.
Wollt Ihr, daß ich Euch bei ihm melden
 soll?
                Michel.
Als Bruder in der Kunst.
                Battista.
              Ich will Euch lieber
Doch einen frommen Namen geben.
                Michel.
                        Wohl!
Geht, schwatzet da mit ihm, so viel Ihr
 wollt!
Ich will in Frieden meinen Becher leeren.
      Battista (geht hin zu Antonio.)
Nun, Freund Antonio! Gesegnete Mahl-
 zeit!
Seid mit dem Essen Ihr zufrieden heut
 Gewesen?
                Antonio.
        Lieber Herr! ich schäme mich;
Ihr habt Euch gegen mich so gut und
 freundlich
Gezeigt. — Ich habe Euch — vergebet
 mir's —
Man ist nicht immer seiner Launen
 Meister,
Das wißt Ihr selbst.
                Battista.
              Ach lieber Gott! Ich habe
Ja mehr geschmollt als Ihr. Gewiß,
 man kann sich
Nicht immer zwingen; doch — wenn's
 Herz nur gut ist.
              (Reicht ihm die Hand.)
            Antonio (drückt sie.)
Ja wohl, ja wohl!
                Battista.
          Wir sind ja alte Nachbarn
Und gute Freunde; oder sind wir's
 nicht,
So können wir es werden.
                Antonio.
                Lieber Herr!
                Battista.
Wie geht es mit dem Bild?
                Antonio.
              Es ist schon fertig,
Beinah auch trocken schon. Ich male
 langsam,

Damit die Farben nicht einschlagen sollen.
Es ist recht schlimm, daß eben ich noch heute
Nach Parma gehen muß. Es wäre besser —

Battista
Nein, nein, nein; geht Ihr nur heute fort,
Ihr tragt es ja dahin. Was kann es leiden,
Gut eingepackt? Man muß sich in der Welt
Doch immer nach der Großen Launen richten.
Ottavio wünscht es heute noch. Da müßt
Ihr schmieden, während heiß das Eisen ist.

Antonio.
Ich will es thun. Er kann nicht sehnlicher
Das Bild sich wünschen, als ich etwas Geld.

Battista.
Nun, seht Ihr wohl? Geht diesen Nachmittag;
Ihr könnt noch heute Abend wieder hier sein.

Antonio.
Da muß ich laufen fast den ganzen Weg.

Battista.
Der Weg ist gut, es ist ja Sommerzeit.

Antonio.
Spät komm' ich durch den Wald, da giebt es Räuber.

Battista.
Ach nicht doch! Laßt Euch so was weiß nicht machen.

Antonio.
Auch muß ich erst in Parma Farben kaufen.

Battista.
Spart Euer Geld. Ihr gebt für Farben aus
Beinah', was für die Farben Ihr bekommt.

Antonio.
Muß Purpur kaufen mir, Ultramarin;
Wie kann ich ohne Farben malen?

Battista.
Macht's
So wie die Andern.

Antonio.
Ach, der ist kein Maler,
Der nicht die Farben liebt. Der ist kein Maler,
Der nicht des schönen bunten Scheins bedarf.

Battista.
Nun das versteht Ihr besser zwar. Um aber
Von etwas Anderm jetzt zu sprechen.
Seht Ihr
Den Mann, der da am Tische sitzt und trinkt?

Antonio.
Ja, ja! er sieht recht stark und tüchtig aus.
Wer ist der Herr?

Battista.
Ein reisender Handwerker,
Ein Färber glaub' ich, der sich etwas Geld
Gesammelt hat, er ist sehr derb und grob;
Er spricht von Allem, ist mit Nichts zufrieden.

Antonio.
Ei tausend!

Battista.
Ja, mein Wein zum Beispiel, den
Ihr lange mit Vergnügen doch getrunken,
Den Florentiner, der gefällt ihm auch nicht.
Ich hab' ihm was Apartes geben müssen.

Antonio.
Nun, reiche Leute sind an Leckereien
Gewöhnt.

Battista.
Er hat mich recht beleidigt,
Die ganze Zeit Grobheiten mir gesagt.

Antonio.
Ei pfui.

Battista.
Ich will mich rächen.

Antonio.
Laßt das bleiben.

Battista.
Nun, meine Rache soll nicht grausam sein:

2*

Die beste Rache über einen Dummkopf
Ist Witz.
    Antonio.
Da habt Ihr Recht.
    Battista.
   Ich bin nicht witzig.
Doch Ihr, Ihr seid's.
    Antonio.
   Ach, lieber Himmel! Launig
Kann manchmal wohl die Heiterkeit mich machen,
Doch witzig bin ich nicht, ich kann nicht sticheln.
    Battista.
Er naht sich her, um Euer Bild zu seh'n.
Thut mir den einzigen Gefallen, Meister!
Wenn wirklich Ihr Euch mir verbunden glaubt,
Ein wenig so — Ei nun, Ihr werdet besser
Die Art und Weise fühlen, besser wählen,
Als ich es sagen kann. Ihr werdet sehen,
Er wird bald selbst den Ton angeben.
    Antonio.
       Nun,
Wie in den Wald man ruft, so kriegt man Antwort.
   Michel (kommt.)
Darf man dem Herrn wohl in die Karte seh'n?
    Antonio.
Seht nur, mein lieber Herr! Zwar spiel' ich Solo,
Doch werdet Ihr an Keinen mich verrathen.
    Michel.
Ihr fürchtet also gar nicht, bête zu werden?
    Antonio.
Ach nein, der Herr kann immer näher treten.
Michel (sieht verwundert auf das Bild.)
Ha! welch ein Farbenspiel?
    Antonio.
   Nicht wahr? Die Dame
Ist bunt genug? Sie ist auch Frau der Herzen.

    Michel.
Mein lieber Mann, Ihr colorirt sehr gut.
    Antonio.
Nicht wahr? Ich könnte auch gern Färber sein?
    Michel.
Was wollt Ihr damit sagen? Hört Ihr nicht,
Ich sag' Euch ernstlich: Eure Farb' ist gut.
    Antonio.
Ach leider, lieber Herr! Ich bin sehr blaß.
    Michel.
Ihr habt Talent.
    Antonio.
   Ist's möglich?
 Michel (aufgebracht, aber zwingt sich).
    Ja — Talent!
    Antonio.
Nun glaub' ich es, weil Ihr es zweimal sagt.
   Michel (ausbrechend).
Doch zeichnen könnt Ihr nicht, und fratzenhaft
Seid Ihr so in der Kunst, wie Ihr im Leben.
Antonio (plötzlich ernst, wird aufmerksam).
Wie so?
    Michel.
Wer hat zum Beispiel Euch gelehrt,
So niedlich kleine Finger krumm zu drechseln?
    Antonio
(steht auf und betrachtet Michel bekümmert,
   darauf das Bild).
Ihr meint —
    Michel.
Und welch' ein honigsüßes Lächeln!
Das Bild ist allerliebst, nur Schade, daß
In der Verkürzung Ihr zu kurz gekommen.
    Antonio.
Wie denn, mein Herr?
    Michel.
Glaubt wohl der Herr im Ernst,
Daß einen Arm, ein Bein er zeichnen kann?

Antonio (bestürzt).
Wer seid Ihr?
Michel (nimmt einen Pinselschaft).
Sieht der Herr, was sagt er dazu,
Wenn so viel länger dieser Oberarm
Geworden wäre? Wenn das linke Bein
Des Knaben da so an den Fuß ge-
schlossen?
Statt daß es jetzt eine gedrehte Wurst
In weicher Fülle liebenswürdig bingelt?
Antonio.
Ihr meint! Mein Gott! ich glaub' Ihr
habet Recht.
Wer seid Ihr?
Michel (stolz).
Gleich viel, Einer, der's versteht,
Und dem man mehr Hochachtung zeigen
sollte,
Wenn man nicht viel mehr als ein Pfu-
scher ist.
Antonio.
Wer seid Ihr? Gott im Himmel! wer?
Michel.
Eu'r Diener!
(Will gehen.)
Antonio
(ergreift seine Hand und betrachtet den großen
Siegelring, den er bemerkt hat).
Ihr seid — Gott! Die Weinlese der
Dryaden!
Ich kenne diesen Ring aus der Beschrei-
bung.
Ihr, Ihr seid Buonarroti.
Michel.
Das ist möglich.
(Will gehen.)
Antonio.
O wartet, wartet einen Augenblick;
Vergebt mir, wenn ich unglücksel'ger-
weise
Durch Leichtsinn, Uebermuth und durch
Betrug —
(Ergreift sein Bild.)
Betrachtet dieses Bild noch ein Mal!
Sagt
Noch ein Mal — nein, Ihr werdet es
nicht sagen.
O großer Meister, sagt, bin ich ein
Pfuscher?
Meint ihr es wirklich?

Michel (verächtlich und heftig).
Geht! Ihr seid ein schwacher
Elender Mensch. Erst voll von Eigen-
dünkel
Und Bauernstolz, dann knecht'sche Unter-
werfung
Und Knabenthränen. Geht! Ihr werdet
nie
Eintreten in das Heiligthum der Kunst.
Glüht auch der Farbenglanz vor Euren
Sinnen,
Die Niederträchtigkeit, die schwanke Wal-
lung
Wird nimmer sich zur wahren Größe
schwingen.
(Er geht, Battista folgt ihm.)
Antonio (setzt betäubt sein Bild hin).
Ist es ein Traum? Ist wirklich Buo-
narroti,
Der große Künstler, da gewesen? Hat er
Mir das gesagt? — Es ist ein Schwin-
del, hoff' ich.
(Er setzt sich, und hält sich die Hand vor's
Gesicht. Dann steht er wieder auf.)
Mir schwindelt's freilich, aber ich bin
wach —
Ein fürchterlicher Ton hat mich geweckt.
Ich bin ein Pfuscher! — Wahrlich,
wahrlich nein,
Das hätt' ich nicht geglaubt, wenn Buo-
narroti
Der Große mir es selber nicht gesagt.
(Er steht in sich selbst verloren.)
Es schwebten bunte Nebel mir vor
Augen,
Ich glaubte, daß es Weltgestalten wären!
Und griff den Pinsel, wollt' es gern
nachahmen,
Und was ich machte — ward ein Nebel
wieder!
Ein buntes Spielwerk, ohne Geistes
Größe,
Ohne Gefühl, Verstand und Gliedermaß!
(Wehmüthig.)
Das hätt' ich nicht gedacht. Mit reinem
Herzen
Und innigem Gefühl bin ich ja doch
Zu meiner Arbeit stets gegangen. Wenn
ich
Vor meiner Tafel saß, da schien es mir,

Als ob ich vor des Ew'gen Altar kniete;
Als ob er seine ferne Herrlichkeit
Mir offenbarte. — Ach ich habe mich
Geirrt! Sehr! Sehr!
(Pause.)
So als ein kleiner Knabe
Bin ich einmal mit meinem Vater in
Florenz gewesen einen Vormittag,
Er hatte was zu kaufen auf dem Markt,
Da lief ich in die Kirche St. Lorenzo,
Da stand ich vor den Gräbern Giulio's und
Lorenzo's, sah die ewigen Gestalten,
Die Nacht, den Tag, die Dämmerung und Aurora
Von Michel Angelo in weißem Marmor.
Ich mußte wieder gleich hinaus und fort!
Doch prägte sich der Anblick tief in's Herz:
Das Einz'ge, was von hoher wahrer Kunst
Ich eigentlich geseh'n. Mir war's so seltsam,
So groß und schön, und doch so todt und traurig.
Es freute mich, wie wieder ich da draußen
In blauer Luft und bunten Blumen stand. —
Jetzt steh' ich wieder in dem Grabgewölbe!
Nun sind die heitern flüchtigen Gestalten
Mir wiederum verschwunden. Schaudernd steh' ich,
Vernichtet, vor der Dämmerung, vor der Nacht!
(Gerührt.)
Nun wohl! so will ich denn auch nicht mehr malen.
Gott weiß, ich hab' es nicht aus Eitelkeit
Gethan, ich that es wie die Biene Zellen,
Und wie der Vogel sich sein Nest erbaut.
War es ein Wahn — Er soll es mir noch ein Mal,
Noch ein Mal soll er mir, nicht leidenschaftlich
In Zorn, mit Ruh' und Kraft und stiller Würde,
So wie sein Tag dort an Lorenzo's Grabe,
Das Wort mir sagen; — und — dann gute Nacht,
Du schöne Kunst! Dann bin ich, was ich war:
Ein armer, stiller Mensch. — Ja, ja! ich will
Nicht trauern, nicht verzweifeln, hab' ich doch
Ein ruhiges Gewissen. Bin ich auch
Kein Künstler? — niederträchtig bin ich nicht.
Wenn auch der größte Erden-Angelo
Mir dieses sagte, eine inn're Stimme
Sagt mir: Du bist es nicht! Sie kommt von Gott.

Maria (kommt).
Was hast du, mein Antonio? Bist traurig?
Malst nicht? Das ist ja eine Seltenheit,
Allein dich, und beim Bilde nicht zu seh'n.

Antonio.
Maria, liebe Frau! das Malen ist zu Ende.

Maria.
Bist du fertig?
Antonio (drückt ihre Hand schmerzhaft).
Ja, mein Kind!

Maria.
Was hast du? Lieber Gott! du weinst, Antonio?
Antonio (trocknet sich die Augen).
Nicht doch, Maria.

Maria.
Bester Mann! was hast du?
Sag' mir es!

Antonio.
Gute Frau, erschrecke nicht.
Ich habe dieß und jenes überdacht,
Was unser Leben — so im Ganzen angeht;
Siehst du, da lern' ich einseh'n, der Erwerbzweig,
Von dem wir leben, mache doch nicht glücklich.
Da hab' ich denn so bei mir selbst beschlossen,
Es ganz zu ändern.

Maria.
Ich versteh' dich nicht.
Antonio.
Als ich vor sieben Jahren dich als Braut
Von deinem alten Vater mir begehrte,
Erinnerst du dich, was der Alte sagte:
„Laß dieses Malen, sagt' er, Anton!
Wer
So immer träumend in der Kunst nur lebt,
Der taugt nicht für die Welt. Der Künstler wird
Ein schlechter Ehmann, seine Muse geht
Ihm über seine Frau, und Söhn' und Töchter
Vergißt er über seinen Geisteskindern."
Maria.
Es war ein edler Mann, ein gutes Herz,
Ein treues Kraut, das still im Grunde wuchs,
Doch Blüthen hat ihm die Natur versagt.
Laß das!
Antonio.
Sei Töpfer, sagt er, so wie ich.
Mal' kleine Bilder auf den Thon, verkauf' es,
So lebst du sorgenfrei mit Weib und Kind;
Kannst ihnen deine Zeit, dein Leben weih'n.
Maria.
Er sah nicht ein, daß, was ich eben liebte,
Das war dein Geist und deine schöne Seele,
Daß eben deine Kunst mich glücklich machte,
Weil sie ein Theil von meiner Liebe war.
Antonio.
Mein Kind! man glaubt oft Vieles, das nicht wahr ist.
Ich habe dich nicht glücklich so gemacht.
Maria.
Antonio! Willst du innig mich betrüben!
Antonio (umarmt sie).
Du bist ein Engel. Hast dich gern in Alles
Gefunden. Aber nein, ich habe dich
Nicht glücklich so gemacht. Ich habe dir
Nicht mein Gefühl geweiht, ich hab' es meistens
An Traumgestalten nur verschwendet.
Was ich
Verdiente, hab' ich theils in theure Farben
Gesetzt, und theils zu Rathe nicht gehalten.
Mitunter lebten wir im Ueberfluß;
Doch öfter haben wir das Nöthige
Entbehrt. Es hat dein sanftes Herz genug
Geängstigt. Wohl! Es sei nicht ferner so.
Wir wollen nicht Unmögliches versuchen,
Auch nicht wüst nicht schwärmen. Ich bescheide mich;
Ich trete in die Dunkelheit zurück,
Und kann ich nicht ein guter Künstler werden,
Ich will ein guter Mann, ein Vater sein.
Maria.
Du nicht ein Künstler? Nun so blüht die Kunst
Auch nicht auf dieser Erde.
Antonio.
Gutes Weib,
Du liebst mich.
Maria.
Ja, weil ich dich ganz erkenne.
Antonio
(nimmt sie bei der Hand und führt sie vor sein Bild, indem er sie und das Bild betrachtet).
Du lächelst süß, unschuldig. Merkst du, wie
Die Fratze honigsüß da greint?
Maria.
Antonio!
Antonio.
Ich seh' die Fehler jetzt. Ach, warum hab' ich
Nicht einen treuen Freund gehabt, der eher
Mir's hätte sagen können? denn ich fühle
Die Fähigkeit in mir, es recht zu machen.

Maria.
Mein Gott, was ist gescheh'n?
Antonio (mit Gefühl sein Bild betrachtend).
                    Es scheint mir doch,
Als wenn da Etwas in dem armen Bilde
Nicht gänzlich zu verachten wäre. Nicht
Die Farbe bloß, nicht Fertigkeit des Pinsels,
Nicht bloß das Spielende mit Licht und Schatten,
Was Feierliches, was Erhabnes auch.
                    Maria.
Was ist gescheh'n? Antonio, sag' es mir.
Antonio (nach einer Stille, ruhiger).
Er soll es mir noch einmal sagen. Zweimal
Hat er es ausgedonnert, doch der Spruch
Muß noch zum dritten Mal gesprochen werden,
Dann will ich Töpfe malen.
                    Maria.
                        Wer ist hier
Gewesen?
            Antonio (erhaben).
            Michel Angelo Buonarroti.
                    Maria.
Und Er? Er hat gesagt?
Antonio (mit wehmüthiger Hoffnung).
                    Still, liebes Kind!
Wir wollen noch den dritten Spruch abwarten.
Noch kann ich von der schönen höhern Welt
Mich nicht so ruhig reißen. Ein Mal noch,
Noch ein Mal. Dann, dann will ich Töpfe malen.

— — — — —

Dritter Akt.

Dieselbe Scene.

Antonio (allein bei dem Bilde.)
Jetzt mangelt einzig nur der Firniß noch!
Gar zu durchsichtig wird der Schleier werden!
Könnt' ich den Augen es der Welt entzieh'n!
Warum drängt mich die Noth, es zu verkaufen?
Ist es Betrug nicht: solche große Summe
Für eine schlechte mißgelungne Arbeit
Zu nehmen? Doch der Herr hat es ja selbst
Geseh'n, hat mir die Summe selbst geboten;
Schon damals sagt' ich ihm: es wär' zu viel.
            (Er nimmt den Pinsel.)
Ich will noch eine Hyazinthe malen
Hier in das Gras. Wenn schöne Mädchen sterben,
Streut man ja Blumen ihnen auf das Grab:
Die Hoffnung war so schön — sie ist gestorben.
Wohlan! ich will ihr eine Blume pflanzen
Zu guter Letzt; — und dann — Wie werd' ich leben,
Wenn ich nicht malen kann? Das Malen ist mir
Nothwendig wie der Athemzug geworden.
Nun wohl! Ich will die ganze lange Woche
Für Frau und Kind arbeiten; Handwerksarbeit!
Der Sonntagvormittag, der soll noch mir
Gehören. Ja, dann soll die blüh'nde Iris
Mit ihrem luft'gen siebenfarb'gen Bogen
Mich noch besuchen in dem frühen Morgen.
Dann will ich zeichnen, malen, componiren
Für meine eigne Lust. Es ist ja doch ein
Unschuldiges Vergnügen. In die Hütte
Will ich die kleinen Tafeln hängen. Schmücken
Wird es ja doch die Wand. Maria liebt es,
Der kleine Knabe auch. Und wenn ich sterbe
Und sich ein Pilger hier verirrt, und sieht

Die bunten Bilder in der Hütte hängen,
Wird es ihn rühren. Alle sind so hart
  nicht,
Wie dieser Angelo: dann wird er sagen:
Der Mann hat wenigstens doch guten
  Willen
Und wahre Liebe für die Kunst gehabt.
    Giulio Romano
(kommt, hält sich etwas in der Ferne, und
betrachtet Antonio, ohne von ihm bemerkt
  zu werden.)
Da sitzt der Göttersohn. Er malt schon
  wieder
Ein neues Bild, um wieder in Erstaunen
Die Welt zu setzen. O wie sehn' ich
  mich,
Den großen Mann zu kennen. Doch
  Geduld;
In langen Zügen will ich meine Freude
Genießen. Bin ich wach? Hab' ich' ge=
  sehn?
Wie Giulio? Nach Correggio mußt du
  reisen,
Um wieder einen Raphael zu finden?
O wunderbar! Sehr wunderbar! Sehr,
  sehr!
Groß bauen wir in großer Stadt die
  Schulen;
Die Fürsten unterstützen Fleiß und
  Streben;
Nach guten Mustern bildet sich die Ju=
  gend,
Von zarter Kindheit an übt sich die Hand;
Dann zeigt sich glänzende Gelegenheit,
Die Kunst, die wohl gelernte, auszu=
  üben —
Und was, was werden wir, wir Schüler?
  Schüler!
Mitunter wackre, gute, seltne Schüler.
Soll aber das Genie sich wieder zeigen —
Es blüht nicht in dem Treibhaus; künst'ge
  Wärme
Entwickelt nicht die wunderschöne Frucht.
Sie muß da draußen wild im Walde
  wachsen,
Zufällig nur vom Schicksal hingesät;
Zufällig durch ein Wunder reif gewor=
  den.
Und eh' wir uns verseh'n, und während
  wir

Im Anschau'n unsers Musters uns ver=
  steinern,
Und meinen, daß es damit Ende hat —
Steht wieder hehr der Genius schon da,
Und wir — wir schauen, und wir stau=
  nen wieder.
O seltsam, daß so oft ein Nazareth
Das Göttliche gebären muß; daß häufigst
Der holde Engel, der die Welt beglückt,
In einer Krippe seine Wiege findet.
(Er naht sich Antonio und betrachtet seine
  Arbeit.)
    Antonio.
Steh da, du kleine blaue Hyazinthe!
Dein veilchenblasser Schein bedeute Tod.
    Giulio
(entfernte sich wieder und betrachtet Antonio.)
Er sieht so lieblich aus wie seine Bilder,
Sanft, freundlich und gefühlvoll; nur
  die Trauer
In seinen Zügen kennt nicht seine Kunst —
Das blüh'nde Colorit, das sie so reich=
  lich
Enthält, blüht nicht auf seinen sanften
  Wangen.
    Antonio.
Da steht ein fremder Reisender schon
  wieder.
(Sie begrüßen sich wechselseitig.)
    Giulio.
Mein liebster Herr! Verzeiht mir, wenn
  ich Euch
Vielleicht jetzt störe. Doch ich kann un=
  möglich
Von diesem Orte mich entfernen, ohne
Den seltnen Künstler, der ihn ziert, zu
  kennen.
    Antonio.
Ach lieber Gott! Dann werdet Ihr nur
  einen
Betrübten armen Menschen kennen lernen.
    Giulio.
Ist's möglich! Diese schöne Sonne labt
Nur Andre, ohne Licht und Wärme
  selbst?
    Antonio.
Mein guter Herr! Ihr sprecht sehr
  freundlich, könnt nicht
Mein spotten wollen; aber kränken thut
  Ihr

Mich, ohne es zu wollen. Sonne!
(Er legt die Hand auf seine Brust.)
Wüßtet
Ihr nur, wie dunkel dieser Abgrund ist.
Der kleinste Stern blickt nicht aus meiner
 Nacht.
Giulio (begeistert.)
Aus Eurer Nacht strahlt eine starke
 Glorie,
Die einst als Glorie der Unsterblichkeit
Um Euer Haupt sich winden wird.
Wie heißt Ihr?
Antonio.
Antonio Allegri nenn' ich mich.
Giulio (gedankenvoll.)
Antonio Allegri da Correggio!
Wie kann der Name fremd im Ohr mir
 klingen,
Den bald geläufig jede Zunge spricht? —
Ich habe Eure Nacht gesehn, Antonio!
Dort in der Kirche. Was Ihr zeigen
 wolltet,
Habt Ihr gezeigt: ein Wunderwerk!
Das Licht
Strebt durch die dunkle Nacht des Erden=
 lebens
Und freut die Hirten. Einer von den
 Hirten
Bin ich. Ich stehe noch erstaunt vor
 Euch;
Das Wunder nicht begreifend, das ich
 schaue;
Die Hand mir vor die Augen haltend,
 zweifelnd
Ob was ich sehe nicht ein Blendwerk sei.
Antonio.
Ach gar zu sehr, mein Herr! ist es ein
 Blendwerk;
Ihr seid ein edler Mann; Ihr liebt die
 Kunst;
Erlaubt mir aber es zu sagen: ach,
Ihr kennet sie nicht besser, als ich selbst.
Giulio.
Meister Antonio! Ich versteh' Euch nicht.
Antonio.
Ich habe selbst mich lange nicht ver=
 standen.
Giulio.
Ihr seid in Allem mir ganz unbegreif=
 lich.
Wie so auf eigner Hand Ihr aufgeblüht;
Wie Ihr so wenig noch der Welt be=
 kannt;
Wie Ihr den eignen Werth so wenig
 kennt.
Antonio.
Wie findet Ihr nun dieses Bild zum
 Beispiel?
Giulio.
Wie kann ein Wort Euch mein Gefüh
 ausdrücken?
Wenn schön ich sage, was hab' ich ge=
 sagt?
Sonst stand die Raphaelische Madonna
Mir da als einz'ge, erste Mutter Gottes;
Ich konnte sie mir gar nicht anders
 denken.
Hier ist sie anders; ganz, ganz anders;
 und
Doch auch Maria! Mehr das holde Weib,
Die frohe Mutter, als die Himmels=
 königin.
Der Raphael hat das Irdische hinauf
Zum Himmlischen erhoben; Ihr bewegt
Das Himmlische, daß es herunter steige,
Um mit dem Erdenleib sich zu vermählen.
Antonio
(betrachtet ihn mit Staunen und augenblick=
licher froher Ahnung, läßt aber gleich die
Augen auf sein Bild fallen, und fragt miß=
trauisch:)
Und seht Ihr keine Fehler in dem Bilde?
Giulio.
Was Fehler! Wo so viel geleistet ist,
Fehlt nichts. Wer wollte in dem Ueber=
 fluß
Noch klagen, weil nicht Alles, Alles da
 sei.
Antonio.
Und was, was ist nicht da?
Giulio.
Was dieses Bild
Zum seltnen Meisterstücke macht, ist da!
Es lebt und athmet schönes Götterleben,
Ist mit Verstand und tiefem Sinn er=
 dacht,
Mit Fleiß, Gefühl und Wärme ausge=
 führt;
Was will ich mehr?

Antonio.
Ihr habt es jetzt gerühmt,
Jetzt saget mir die Fehler!
Giulio.
Euer Geist
Hat nie gefehlt; selbst wo die Kunst sich irrte,
Wo das Gedächtniß flüchtig sich verworren,
Habt Ihr durch Kraft, Darstellung und Bewegung,
Idee, dem Fehler einen Reiz gegeben,
Der Eurem Bild — gehört fast, möcht' ich sagen.
Auch darin seid dem Raphael Ihr ähnlich!
Antonio.
Mein Herr! sagt mir: wo hat die Kunst geirrt?
Ihr glaubt es nicht, wie Ihr mich glücklich macht,
Indem Ihr mir die Fehler zeigt.
Giulio (bescheiden.)
Ei nun!
Der bloße Zeichner könnte Dieß und Jenes
An Eurem Bilde auszusetzen haben.
Antonio.
Zum Beispiel?
Giulio.
Die Verkürzung dieses Arms
Mag wohl nicht völlig richtig sein. Das Bein
Des Knaben scheint mir auch ein wenig gar
Zu kinderblühend, der Contour zu mangeln.
Ihr liebt das Sanfte, Runde; daher kommt es,
Daß Ihr dem Graben auszuweichen sucht.
Antonio.
Noch Eins, mein Herr! noch Eins, dann athm' ich wieder.
Wie findet Ihr das Lächeln der Madonna? Des Kindes?
Giulio.
Eigen; eigen, aber schön.
Antonio.
Nicht fratzenhaft? Nicht grinsend? honigsüß?

Giulio.
So stell' ich mir der Engel Lächeln vor.
Antonio.
Ach Gott! ich hab's mir auch so vorgestellt.
Giulio (lächelt.)
Und trauert, weil es Euch so schön gelungen?
Antonio.
Und traure, weil ich mich so sehr geirrt.
Giulio.
Jetzt seid Ihr wieder räthselhaft.
Antonio.
Mein Herr!
Ihr habt aus meinem Herzen ganz gesprochen;
Es tröstet mich, daß auch es außer mir
Noch Menschen giebt, und wackre, kluge Menschen,
Die auf dieselb'ge Weise — irren können!
Was mehr mich wundert, ist das wahre Urtheil,
Das über meine Fehler Ihr gesprochen.
Da irrt Ihr nicht; Ihr sprecht es nur gelind
Und freundlich aus. Und wahrlich, Eure Rede,
So einsichtsvoll und sinnig, würde mich
Unendlich freu'n, wüßt' ich nicht gar zu wohl —
(Ach leider weiß ich's nur seit kurzer Zeit)
Daß, ohne Werth, mein Thun nur eitel ist.
Giulio (verwundert.)
Wer hat Euch das gesagt?
Antonio.
Der größte Künstler
In unsrer Zeit, vielleicht in allen Zeiten.
Giulio.
Der Michel Angelo?
Antonio.
Er hat's gesagt.
Giulio.
Das sieht ihm ähnlich; das zerbrochne Rad
Läuft ihm noch immer wild im Kopf herum.
Antonio.
Ich hab' ihn erst unwissentlich aus Leichtsinn

Beleidiget. Der Mann, der dorten wohnt,
Ein wunderlicher Mensch, der stets mich kränkt,
Er kam zu mir, erzählte mir: der Herr,
Der dort am Tische saß, sei nur ein Färber,
Ein grober Mensch, der ihn beleidigt hätte,
Der über alles spräche, ohne Etwas
Zu wissen. So empfing ich freilich ihn
Nicht mit der Achtung, die er wohl verdient.
Er redete mich mürrisch — trocken an,
Ich gab ihm eine spöttisch leichte Antwort.
So ward er grimmig, nannte Pfuscher mich
Und niederträchtig auch; wenn auch der Glanz
Der Farben dumpf vor meinen Sinnen glühte,
Ich würde nimmer mich zu wahrer Größe
Und Schönheit schwingen.

Giulio (heftig.)
Darin hat er Recht!
Ihr werdet es nicht thun, Ihr habt's gethan,
Hoch über die Sixtinische Capelle!

Antonio
(macht eine warnende Bewegung mit der Hand.)
Ach, lieber Herr!

Giulio
(wie oben, und mit Selbstgefühl.)
Ihr meint, ich spreche wie
Der Blinde von den Farben? Darin irrt Ihr!
Bin ich kein Angelo, kein Michael,
Ich bin ein Mensch, ein Mann, ich bin ein Römer,
Kein Cäsar zwar, doch auch ein Julius!
Man hat mich auch gelehrt, was malen sei,
Der große Raphael Sanzio war mein Meister,
Es ruht sein hoher Geist noch über mir;
Ich kann ein Wort auch in der Sache reden.

Antonio
(schlägt die Hände zusammen).
O Himmel! Ihr seid Giulio Romano?

Giulio.
Das bin ich.

Antonio.
Ihr seid Giulio Romano?
Der große Maler? Raphael Sanzio's Liebling?

Giulio.
Das war ich. —

Antonio.
Und Ihr sagt: ich bin kein Pfuscher.

Giulio.
Ich sag' es Euch: Seit Raphael gestorben,
Lebt in Italien kein größrer Maler,
Als Ihr Anton Allegri da Correggio!

Antonio (setzt sich).
Erlaubt mir, mein Herr! Es schwindelt mir
Der Kopf. Das hab' ich nie erlebt: und ich
Begreife nicht, wie ich es überlebe.
Mein ganzes Leben ist im Schatten, wie
Ein unbekanntes Lächeln, hingeflossen.
Ich glaubte nie ein großer Mann zu sein,
Auch nicht, daß ich ein eitler Woller wäre.
Nur auf das gute Glück, die Muse trauend,
Saß ich und malte fort, und es gelang.
Jetzt — muß an einem Tage ich erleben,
Daß zwei der größten Meister meiner Hütte
Sich nah'n! Der Eine schlägt mich in den Staub;
Der Andre richtet mich hoch zu den Wolken.
Was soll ich glauben? Träum' ich oder wach' ich?

Giulio.
Und wenn der Andre nun dasselbe sagt,
Wie ich, was dann?

Antonio.
Der Michel Angelo?
Er sollte, meint Ihr?

Giulio.
Seine Art ist eben

Zu thun, was Keiner meint. Der Feuergeist
Ist mehr Titan als Gott, und seine Größe
Ist wie die Größe der uralten Welt.
Die Anmuth mangelt ihm. Der jüng're Amor
Macht ihn nicht gleich in einz'le Gegenstände
Entzückt; der alte Eros aber faßt
In ihm das Ganze mit gewalt'ger Liebe;
Nicht ein geflügelt Kind, ein rüst'ger Jüngling
Mit Zeugungskraft und Mark. Ich will ihn sprechen.
Seid ruhig! Ich versteh' mit ihm zu leben.
Der Titan hat ein menschlich Herz. Er zeugt
Gewalt'ge Kinder; darin gleicht er Kronos;
Doch die Verzehrungswuth ist nicht in ihm.
Er rafft vielmehr vom Himmel, wie Prometheus,
Das Licht, um so den Erdkloß zu beleben.
Er wird auch Eure Schöpfung, mein Antonio,
Bewundern, wenn der Sturm nur ausgebraust.
Geht in das Haus hinein, ich seh' ihn kommen.

Antonio.
Ich weiß nicht, was ich glauben, denken soll.

(ab.)

Michel (kommt).
Wir können reisen.

Giulio.
Leider noch nicht, Freund.
Ein größres Wagenrad ist jetzt gebrochen,
Das fertig sein muß, eh' wir weiter rollen.

Michel.
Was soll das sagen?

Giulio.
Was es ist. Erinnert
Ihr Euch wohl noch der schönen Wassermühle
Drunten im Fluß, nach neurer Art gebaut?
Wenn ich nicht sehr mich irre, habt Ihr selbst
An dem Modell in Florenz viel verbessert.

Michel.
Ein gutes Werk.

Giulio.
Nun hört und ärgert Euch;
Ein großer Herr hat Langeweile; muß
Sich bei der Mühl' aufhalten, wie wir hier,
Läßt sich zum Zeitvertreib die Mühle zeigen.
Weil aber nicht der Müller unterthänig
Genug ist, wallt ihm auf das Adelsblut.
Er greift sein Schwert, haut in das Räderwerk.
Da eben, wo des Meisters kluge Hand
Mit selt'ner Kunst das Wichtigste verbindet.
Dann schwingt er sich auf's Pferd und reitet fort.
Die Mühle stockt, der Müller will verzweifeln.

Michel.
Wir müssen diesem Müller wieder helfen.
Ich lasse gleich das eine Wagenroß
Mir satteln, will hinunter; das soll bald
Im Stande sein. Könnt' ich den Kerl nur treffen,
Ich würd' ihm bald die Hochmuthsflügel stutzen.

Giulio.
Es wäre schön, wenn Ihr die stolzen Flügel
Des Uebermuths ein wenig stutzen könntet.

Michel.
Was meinet Ihr?

Giulio.
Ihr liebt die Poesie,
Habt selbst Sonette, Reime ja gemacht.
Verzeiht, daß hier ich auf verblümte Weise
Mit Euch gesprochen; denn die nackte Wahrheit
Ist fast zu arg.

Michel.
Ich liebe mir das Nackte;
Gewänder hüllen nur die Schönheit ein.

Nur grad heraus damit, wenn ich darf
bitten.
   Giulio.
Ihr braucht nur einen größern Maß-
 stab, Meister,
Für Alles hier zu nehmen, und Ihr
 habt
Die Wahrheit schon. Die schöne Mühle
 ist
Die menschliche Natur, der Adelstolz
Ist Künstlerstolz; das Schwert, ein schnei-
 dend Wort,
Der Schlag in's Räderwerk ein Stich
 in's Herz.
   Michel (ihn verstehend).
Haha!
   Giulio
  (mit bescheid'ner Mäßigung).
Ihr seht, wir brauchen also nicht
Das Wagenpferd zu satteln. Helfen
 könnt Ihr
Auch ohne das — auch züchtgen, wenn
 Ihr wollt:
Der Schuld'ge ist nicht Eurer Rach'
 entfloh'n.
   Michel.
Es ziemt Euch wohl auf solche Art mit
 mir
Zu sprechen.
   Giulio (feuriger.)
  Buonarroti! Warum zwingt
Ihr mich dazu? Glaubt Ihr, daß ich
 die Achtung
Für Eure Meisterschaft, für Euren Geist
Vergessen habe? Achtung für den Geist
Und für die Meisterschaft nun zwingt
 mich,
Auf solche Art das Wort zu führen;
 denn
Nicht eine Meisterschaft, nicht einen
 Geist
Schätz' ich, doch Alle, die zum hohen
 Ziele
Mit heiliger Begeisterung mit uns wirken,
Wie unerwartet, arm sie auch erscheint;
Wohl wissend, daß der schöne Lebens-
 baum,
Den wir Genie in unsrer Sprache
 nennen,

Weit öfter auf dem kahlen Felsen wächst,
Als in dem fetten, wohlgedüngten Thale.
   Michel.
Ihr sprecht sehr gut. Ihr solltet Redner
 sein.
   Giulio.
Ich weiß, was Ihr damit mir sagen
 wollt;
Doch zürn' ich nicht. Ihr meint des
 Künstlers Worte
Sind, wie des Helden seine, That und
 Werk?
Da habt Ihr wieder Recht! Auch brauch'
 ich nicht
Zu wiederholen, Angelo! wie oft
Mit staunender Bewundrung Euren
 schönen
Und göttlichen Instinkt und stumme
 Weisheit
Mein Herz vernommen hat. Doch ist
 der Mensch
Nicht Künstler bloß, auch Mensch. Die
 Menschlichkeit
Schön zu entwickeln, Freund, auch das
 ist Kunst.
Ihr seid ein kräft'ger thatenreicher Geist,
Das anerkenn' ich. Nun, so seid gerecht,
Und spottet meiner nicht, wenn Ihr den
 sinnigen
Verständ'gen Mann in mir erkennt; der
 auch
Nicht gänzlich ohne Göttergabe da ist.
Ich will nicht schöne Reden hier von
 Euch;
Nur Eure That hat mir gelöst die
 Zunge,
Und Eure That kann gleich sie wieder
 binden.
   Michel.
Was wollt Ihr?
   Giulio.
  Buonarroti! Seht, Ihr habt
Den wackern Maler hier verachtet;
 Pfuscher
Verhöhnend ihn genannt. Ist er ein
 Pfuscher?
   Michel.
Was Teufel geht es mich an, was er
 ist?

Giulio.
So geht die schöne Kunst Euch nicht mehr an?

Michel.
Es sehe Jeder, was er treibe; so
Thu' ich's, und damit Basta. Es bekümmert
Mich wenig, was die Andern von mir sagen;
Ist er kein Pfuscher, ist es gut für ihn.
Er ist ein unverschämter Kerl, das weiß ich.

Giulio.
Er ist ein liebenswürd'ger, sanfter Mann.
Der Gastwirth ist sein Feind, hat ihn betrogen,
Hat ihm gesagt: Ihr wär't ein übermüth'ger
Und stolzer Mensch, ein Färber; ganz unwissend
Von Allem sprechend, ohne was zu kennen;
Er wollte auf den armen Mann Euch hetzen,
Weil er ihn haßt.

Michel.
Das hat der Schuft gesagt?

Giulio.
Ihr sehet, der Antonio ist unschuldig!
Er kannt' Euch nicht.

Michel.
Selbst gegen Unbekannte
Soll man geziemlich sein.

Giulio.
Und war't Ihr das?

Michel (schweigt).

Giulio.
Nur noch ein Wort, dann schweig' ich, Buonarroti!
Was Beide heut wir hier gesehen haben
Ganz unerwartet, muß — kann nicht anders —
Uns Beide mit Verwund'rung ganz erfüllen.
Ihr seid kein blinder Greis, der art'ge Sachen
In Holz ausschneidet, ohne Auge für
Was Andre thun. Die Kunst ist Wissenschaft
Bei Euch; Eu'r scharfer Blick durchbringt sie ganz.
So wißt Ihr auch, so gut als ich, und besser,
Welch einen Künstler dieser Ort besitzt.
Ihr habt im Gastsaal mehrere seiner Sachen
Geseh'n: die schöne Leda, Danaë.
Nicht bloß Madonnen weiß er gut zu malen,
In Parma, sagt man, hat er Frescobilder
Neulich gemalt voll Kraft und Poesie.
Geht in die Kirche, seht da seine Nacht
Und wenn dann sein Verdienst in Eurer Seele
Nicht heller Tag wird — nun dann tagt es nie.

Michel.
Ich hab's ihm gleich gesagt, er hat Talent!

Giulio.
Talent! Ein armes Wort; ein Kupferheller,
Den jedem Bettler man zuzuwerfen pflegt;
Ist nichts in diesem Bilde als Talent?

Michel.
Das Bild hat grobe Fehler.

Giulio.
Fehler hat es,
Weil es ein menschlich Werk. Was hat nicht Fehler?
Glaubt Ihr, daß nimmer Ihr gefehlt? Glaubt Ihr,
Daß Nichts Euch mangelt? Macht die Zeichnung, meint Ihr,
Den Maler aus? Was ist die bloße Zeichnung?
Nothhilfe, Unnatur! Es giebt nicht Linien!
Wir nennen Linien, wo der Körper aufhört.
Der Körper selbst, die Farbe und das Leben
Mit Licht und Schatten, das ist Malerei!
Die Schönheit, der Gedanke, die Verbindung,

Das ist Genie. Und mangelt dieses hier?
Michel.
Das Bild hat keinen großen Styl.
Giulio.
Was nennt Ihr großen Styl? Ich nenne tiefe Wahrheit
Und hohe Schönheit groß. Daß Körpergröße
Kann geistig groß auch sein, — das zeigt Ihr uns.
Doch braucht das Geistiggroße nicht Gedehntheit
Im Raum und Gliedermaß, um groß zu heißen.
Es athmet hohe Kraft, erhabne Kühnheit
Und edler Muth in Allem, was Ihr leistet:
Der Mensch ist aber Mensch, wird nie ein Gott.
Als Mensch geziemt ihm kindliches Gefühl,
Einfält'ge Demuth. Und ich will's gesteh'n:
Mit Allem dem, daß Eure Körpergröße,
(Vielleicht auch eigne Neigung und Naturtrieb)
Mich, Giulio, den kleineren Planeten
Aus meiner Raphael'schen sanften Bahn
Auch Etwas treiben in's Gewaltige —
So wird und bleibt die Güte doch des Herzens,
Die auch in hoher Kunst sich äußern muß,
Das Liebste mir in Kunst, so wie in Leben.
Und wo ich sie erkenne, offenbart sich
Der Engel des Gewissens mir, und zeigt
Den Weg zur Heimat mit dem Lilienstengel.
Michel
(mit unterdrückter Bewegung).
Ich fühle also nicht!
Giulio.
Ihr fühlt im Ganzen,
Im Großen. Selbst das mildere Gefühl

Ergreift Euch öfter, als Ihr selbst es glaubt.
Schön sitzt die Mutter Gottes in San Pietro
Mit heiligem, mitleidigem Gefühl,
Obschon von Stein mit ihres Sohnes Leiche.
In menschlicher und tiefgefühlter Demuth
Laßt Euren Adam Geist und Leben Ihr
Von des Allmächt'gen Fingerspitze nehmen
In heiliger Sixtinischen Kapelle.
Bei Gott! Es lebt und blüht im Menschen nichts,
Was nicht in Euch zur Stunde lebt und blühte.
Doch Eure Art ist hart; die Rauhigkeit
Ist nur ein edler, ein antiker Rost,
Worunter das Metall gediegen glänzt.
Vergebt mir, wenn ich Euch mit meinen Reden
Beleidigt habe; denn ich fühle, was
Ich Euch gesagt, das wißt Ihr besser selbst.
Ich sagt' es nur, um hurtig das Gewitter
Hier zu vertreiben, daß der arme Mann
Nicht lange Kummer leide. Euer Wort allein
Vermag ihm beide wieder gleich zu geben.
Michel.
Hm!
Battista (kommt).
Meine Herren! Der Wagen ist ganz fertig;
Befehlen Sie, daß man anspannen soll?
Michel.
Mein Giulio! Wollt Ihr uns wohl das besorgen?
Ich hab' ein Wort mit diesem Biedermann
Zu sprechen.
Giulio.
Gut. (Ab.)
Michel.
Was hat der Herr denn heute
Von mir gesagt, da zu dem Maler? He?

Battista.
Mein bester Herr, was hab' ich denn gesagt?
Michel.
Daß ich ein Färber wäre, hat der Herr Gesagt, ein grober, täppischer Geselle.
Battista.
Dann mag die ewige Gerechtigkeit Mich ewig strafen, wenn —
Michel.
Halt Er sein Maul! Die ewige Gerechtigkeit bekümmert Sich nicht um solche Schufte, wie Er ist; Nehm' vor der zeitlichen Gerechtigkeit Er sich in Acht! Wenn man gereift zum Galgen,
Dann wird man aufgeknüpft. Versteht Er Welsch?
Battista.
Der Herr ist —
Michel.
Färber, und ein grober Färber.
(Er nimmt seine Peitsche von dem Tische.)
Zum groben Färben braucht man grobe Pinsel.
Was sagt der Herr dazu, wenn ich den Rücken
Ganz karmoisin ihm färbte jetzt?
Battista.
Gott steh'
Mir bei!
Michel.
Da hätt' er was zu thun. Sein Elend,
Seine Nichtswürdigkeit, die steh'n Ihm bei.
Ich will die Hände nicht mit Ihm besudeln.
Doch wird's am besten sein, daß Er sich schnell
Beurlaubt; denn die Wünschelruthe hier
In meiner Hand, sie wippt gewaltig, sieht Er?
Hat große Lust auf seinem fetten Rücken
Verborgnen Quellen auf die Spur zu kommen.
Battista.
Gestrenger Herr! Es ist ein Mißverständniß.
(Er entfernt sich.)

Michel.
Ja, laufe nur! — Hat mich der Bösewicht
Nicht aufgebracht! — Ha, jetzt versteh' ich erst,
Warum der Maler hier, der arme Teufel —
(Er geht hin und setzt sich vor dem Bilde.)
So etwas muß man recht mit Muße seh'n.
Man kann mir zeigen, was man will, in Taumel
Und Wust — Das Blut steigt Einem nicht allein
Auf vor den Ohren, vor den Augen auch.
Auch das belehrende Schwatzen irritirt mich!
Was ich soll denken, kann ich selbst erfinden!
Der Giulio Roman! — als wenn ich nicht —
Nun — hat er es doch selbst gefühlt. —
(Mit behaglicher Ruhe, Milde und Besonnenheit.)
Der Henker!
Das Bild ist gut gemacht! Das nenn' ich einmal
Doch malen — Und wie das poetisch ist!
Die Bäume, Blümchen da, die Landschaft hinten!
Wie schön die Kleidung! Dieser Wiederschein!
Die Frau ist artig, ja, weiß Gott, das ist sie.
Johannes allerliebst, der kleine Christus
Ein niedlich Kind. Per Bacco! Das ist Farbe!
(Pause, drauf mit Laune.)
Und ich! — Als mich der Papst zu malen zwang,
Wie ich die Florentin'schen Kerls zusammen
Als Taubenkrämer aus dem Tempel jagte,
Ich setzte selbst mich auf's Gestell, und tappte
Anderthalb Jahr herum, und ward so zornig,
Daß ich beinah den Papst getödtet hätte

Oehlenschl. Correggio. 3

Mit dem herabgeworfnen Eimer, als
Vorwitzig er so früh zur Werkstatt kam! —
Das weiß ich, ich bin eigentlich kein
　　Maler,
Bildhauer bin ich! Was von Bild=
　　nerei
Im Malen man gebrauchen kann, das
　　hab' ich!
In Zeichnung und Erfindung gleicht mir
　　Keiner.
Doch in den Farbentopf versteh' ich nicht
Zu tunken, das ist abgemacht, und das
Versteht recht dieser Mann, das muß ich
　　sagen.
(Giovanni kommt heraus; wie er den fremden
　　Mann sieht, steht er still.)
　　　　　Michel.
Du Kleiner! hör' einmal. (Giovanni kommt.)
　　　　Ein hübsches Kind,
Es ist nicht bange vor den fremden Leu=
　　ten,
Verzogen nicht. Komm her, du kleiner
　　Junge!
　　　　(Giovanni naht sich.)
　　　　　Michel.
Seh' ich auch recht? Das ist ja der
　　　Giovanni
Im Bilde hier.
　　　　　Giovanni.
　　　　　　Ja wohl! Ich bin Giovanni:
Der Vater hat mich da gemalt.
　　　　　Michel.
　　　　　　　　　　Du bist
Der Sohn von dem Antonio?
　　　　　Giovanni.
　　　　　　　　Ja, die Mutter
Ist auch da.
　　　　　Michel.
　　　Wo?
　　　　　Giovanni.
　　　　　　Da sitzt sie ja!
　　　　　Michel.
　　　　　　　　Ha ha!
　　　　　Giovanni.
Da ist das kleine Jesuskind! Ihn haben
Wir aber nicht zu Hause.
　　　　　Michel.
　　　　　　　Nicht? Wo ist
Denn er?

　　　　　Giovanni
　　(mit dem Finger in die Höhe).
Da droben dort im Himmel ist er.
　　　　　Michel.
Da droben?
　　　　　Giovanni.
　　　　　　Ja, da sitzt er in den Wolken,
Ja, mit den andern kleinen Engelskna=
　　ben.
　　　　　Michel.
Was thun sie da?
　　　　　Giovanni.
　　　　　　Da spielen sie zusammen.
　　　　　Michel (küßt ihn).
Du liebes Kind! Setz' dich auf meinen
　　Schoß,
Hier auf das Knie.
　　　　　Giovanni.
　　　　　　　Ja, ich will reiten auf
Dem Knie. Du bist mein Gaul, ich
　　will auf dir
Nach Parma reiten.
　　　　　Michel.
　　　　　　Schön! Ich muß dich aber
Aufsetzen, denn Steigbügel sind nicht da.
　　　　　Giovanni.
Sie werden bei dem Kleinschmied noch
　　gemacht.
　　　　　Michel.
Ja wohl.
　　　　　Giovanni (reitet.)
　　　　　　Sa, ja! Ho, ho! Nur immer zu!
Du mußt das Pferd beständig reiten
　　lassen.
　　　　　Michel.
Nun, sind wir denn in Parma ange=
　　langt.
　　　　　Giovanni.
Noch nicht! Wir sind ja nur den hal=
　　ben Weg.
　　　　　Michel.
Da steigt der Reiter ab, und geht in's
　　Wirthshaus,
Um was zu essen.
　　　　　Giovanni.
　　　　Ja, um was zu essen.
　　(Michel langt in die Tasche.)
　　　　　Giovanni.
Was hast du in der Tasche?

Michel.
          Warte nur!
(Für sich.)
Ich hab' es für die Kinder Meister Martins
Zwar mitgenommen; doch sie müssen warten.
Ich kann in Modena was Neues kaufen.
(Er nimmt eine Düte hervor.)
Ich weiß nicht — magst du wohl gebrannte Mandeln?
          Giovanni
          (greift darnach).
Gebrannte Mandeln mag ich wohl!
          Michel.
                    Geduld!
Magst du sie essen?
          Giovanni.
          Ja, ich mag sie essen.
          Michel.
Da! Friß!
(Giovanni fängt an zu essen.)
Auf meinem Schoß sollst du sie essen, Knabe.
          Giovanni
          (entweicht ihm).
Nein; in dem Wirthshaus muß ich essen, während
Das Pferd ruht.
          Michel.
Ja, und kriegt ein wenig Haber.
Soll ich nicht Haber kriegen?
          Giovan'ni.
                    Komme, Pferd!
Da hast du Haber!
(Er steckt ihm eine Mandel in den Mund.)
          Michel (greift ihn).
          Du verwünschter Junge!
Nennst mich ein Pferd? Nun, das ist Gottes Strafe;
Ich nannte deinen Vater Pfuscher ja,
Und, bei den ew'gen Musen im Olymp!
Das ist so wenig er, als ich ein Pferd.
(Maria kommt.)
          Giovanni.
Da ist die Mutter!
          Michel.
          Das ist deine Mutter?
Ein schönes Weib, sehr ähnlich der Maria.
(Er setzt den Knaben herunter und steht auf.)
          Giovanni.
Mutter, da ist ein fremder Mann; er hat
Gebrannte Mandeln mir gegeben, Sieh!
          Michel.
Madonna! darf ich wohl Verzeihung hoffen?
          Maria.
Mein edler Herr! ich danke für die Güte.
          (Zu Giovanni.)
Hast du dem Herrn gedankt?
          Giovanni.
          Ich dank' dir, Herr!
          Maria.
Du Ungezog'ner! Sollst du Fremde dutzen?
          Michel.
Ach laßt ihn, liebe Frau! zerstöret nicht
Mit der Verzerrtheit unsrer feinen Zeit
Die reine paradiesische Natur.
          Maria.
Ihr liebt die Kleinen?
          Michel.
          Weil so groß sie sind!
Ihr wohnet hier?
          Maria.
Ja, das ist unsre Hütte.
          Michel.
Der Maler, der Antonio, ist Eu'r Mann?
          Maria.
Ja, lieber Herr!
          Michel.
          Ist er so liebenswürdig
In seinem Leben, wie in seinen Bildern,
Dann werdet Ihr sehr glücklich mit ihm sein.
          Maria.
Mein Herr! Die Kunst ist nur ein falber Schein
Von der verborg'nen Sonne.
          Michel.
                    Wirklich?
          Maria.
                    Wirklich.

3*

Michel.
Ihr scheint nicht fröhlich, heiter nicht zu sein.
Ein wackrer thät'ger Mann, ein schönes Weib,
Ein holdes Kind — da steht ein Paradies
Der Häuslichkeit ja ganz vollendet schon.
Maria.
Doch fehlt, um glücklich recht zu sein, noch Etwas.
Michel.
Und was?
Maria.
Das Glück.
Michel.
Sind Schönheit und Genie
Nicht große Gaben schon der Glücks-Göttinnen?
Maria.
Es nagt der Wurm versteckt in mancher Blume;
Mein Mann ist krank gewesen, er ist reizbar,
Ein jeder Eindruck wirket stark auf ihn;
Noch heute hatt' er einen großen Unfall.
Michel.
Ich weiß es wohl — der Michel Angelo
Ist da gewesen; hat ihm — zugesetzt.
Maria.
Er hat ihn sehr gekränkt.
Michel.
Er hat vielleicht
Die Wahrheit ihm gesagt. Der Angelo
Hat ihm gesagt: Er wäre nicht ein Maler.
Wer weiß? Vielleicht hat er doch Recht gehabt:
Er muß es wohl versteh'n, was wissen wir?
Maria.
Und käme selbst ein Angelo vom Himmel,
Und sagt' es mir, ich glaub' es nicht.
Michel.
Ei, ei!
Ihr seid schon recht gewiß in Eurer Sache.
Maria.
Das Höchste, das Gewisseste, ich weiß,
Ist, daß ich inniglich Antonio liebe.
Von ihm ist was er thut mir unzertrennlich;
So lieb' ich innig seine schöne Kunst.
Michel.
Und das ist Euch genug? Ihr liebt es, ohne
Es zu erkennen, ohn' es zu ergründen?
Maria.
Erkennen und ergründen mag der Mann,
So weit es geht. Doch muß er auch wohl bald
Mit uns zu dem Gefühl die Zuflucht nehmen.
Michel.
Bravo, Madonna! Ihr gefallt mir sehr,
Vergebt, wenn ich ein wenig Euch geprüft;
So müssen Frauen denken. Was nun aber
Den Michel Angelo betrifft: er ist
Ein wilder Kerl; das ist wohl nicht zu leugnen;
Doch glaubt es mir: auch eine gute Haut.
Oft ist sein Wort nur Poltern der Cyclopen,
Wenn gar zu stark das Feuer wallt; doch kann er
Auch stille sein; dann denkt und fühlt er hurtig
Und viel, für lange Zeit, wie das Kameel
Die Quelle trinkt, um durch die heiße Wüste
Vorrath zu haben. Der Vulkan ist furchtbar,
Auch aber fruchtbar. Hat er ausgetobt,
So bauen Menschenschaaren in der Nähe;
Die Saat gedeiht, wird körniger und reicher;
Mit Blumen und Gesträuch deckt sich der Schlund —
Und Alles athmet freudenreiches Leben.
Maria.
Ich glaub' es Euch.
Michel.
Die größten Kleinigkeiten
Sind oft Ursachen ja der größten Thaten.
Der Berg gebiert bisweilen eine Maus;
Oft aber haben Mäuse auch Gebirge

Geboren. Laßt das also nicht Euch
    wundern,
Daß eine plumpe List des häm'schen
    Wirths
Mit Eurem Gatten ihn uneinig machte.
Das eine Wort giebt leicht das andre ja.
Nicht Liebe bloß, auch Zorn und Heftig=
    keit
Trägt eine dunkle Binde vor den Augen.
        Maria.
Mein Herr! Ihr sprecht sehr gütig und
    sehr weise.
        Michel.
Der Buonarroti hat mich hergesandt,
Ich bin sein Freund, Euch dieß von
    ihm zu sagen
Und, zum Beweis wie er Antonio ehrt,
Giebt er ihm diesen Ring
    (Er zieht den Ring von seinem Finger)
        und bittet ihn,
Den Ring als Pfand der Freundschaft
    stets zu tragen.
Sie werden sich persönlich wiedersehn.
Dann wird Antonio besser noch erfahren,
Ob Buonarroti ihm im Herzen gut ist,
Und ob er etwas für sein Glück gethan.
        (Er geht.)
        Antonio
(der herausgekommen ist und sich zurückgehal=
        ten hat).
Maria! liebe Frau! was sagt er dir?
        Maria.
Der fremde Mann?
        Antonio.
    Er, Michel Angelo.
        Maria.
Antonio! Was sagst du? Ist es mög=
    lich?
Er war es selbst?
        Antonio.
    Ja, ja! Er selbst, er selbst.
Es ist ein einz'ger Solcher nur auf
    Erden —
        Maria.
O sel'ges Glück! O freue dich, Antonio!
Er koste unser Kind, er sprach zu mir
Mit freundschaftlicher Güte. Diesen
    Ring
Gab er für dich. Er schätzt, er liebet
    dich,

Er will für unser Glück, der Edle, sor=
    gen.
        Antonio.
Maria, ist es mögl'ch? Giulio
Romano hatte Recht!
        Maria.
    Er ehrt und liebt dich.
        Antonio.
Und dieser Ring! O Himmel! Komm,
    Maria!
Er hat mich tief nur in den Staub ge=
    drückt,
Um höher mich und herrlicher zu heben.
O Himmel, darf ich, darf ich's wirklich
    glauben!
O komm hinein! Ich will ihm danken,
    weinen,
An meine Brust ihn drücken, selig sein!
        Maria.
Jetzt hat er Recht, der große Buonarroti,
Jetzt blüht ein paradiesisch Leben uns.
    (Sie gehen in den Gasthof hinein.)
        Battista
(kommt hervor, sieht ihnen nach, und sagt
        nach einer Pause.)
Ich will das Paradies vollkommen
    machen;
Zum völl'gen Paradies gehört die
    Schlange.

Vierter Akt.

Großer Bildersaal in Parma.
(Ottavio. Battista mit Rechnungsbüchern.)

        Ottavio.
Ich bin zufrieden, Alles ist in Ordnung.
        Battista.
Ich habe eben einen Brief bekommen
Von meinem Sohn, er schreibt mir aus
    Florenz;
Er wird vielleicht noch diesen Abend
    hier sein.
        Ottavio.
Schon gut. Was jetzt ich von dem
    Nicolo.

Dir anvertraut, bewahrst du als Ge=
heimniß!
Battista.
Bei Gott! ich kann mich nicht genug
verwundern:
Ein Räuber von den Appeniner=Bergen
Wagt es in Euer Gnaden Dienst zu
treten,
Um so Gelegenheiten auszuspäh'n.
Ottavio.
Ich weiß es, es ist nicht das erste Mal;
Die Vagabunden treiben kühn ihr Spiel
Im Walde zwischen Reggio und Parma
Und überall, wo was zu rauben ist;
Doch ruhig nur! Er ist im Käficht schon;
Die Andern werden es wohl auch bald
sein.
Battista.
Was muß man doch erleben; welche
Menschen
Giebt's in der Welt!
Ottavio.
Genug davon. Laß uns
Von etwas sprechen, das mir wicht'ger
ist.
Der Maler, der Antonio, kommt doch
heute?
Battista.
Er ist schon auf dem Wege, wird gleich
hier sein.
Ottavio.
O wäre nur Maria auch schon da!
Battista.
Sie wird bald kommen, Exzellenza! Wo
Man Erbsen streut, da fliegt die Taub'
hinein;
Mir scheint bedenklich in der Sache nur,
Wenn's mir mein gnäd'ger Herr erlaubt
zu sagen —
Ottavio.
Was meinst du?
Battista.
Euer Gnaden stehen auf
Dem Sprung, sich nächstens ehlich zu
verbinden:
Die schöne Cölestina aus Florenz
Wird bald mit ihrem Vater Ricordano
Da sein — wie wird das geh'n?
Ottavio.
Sei unbesorgt!

Die schöne Coelestina
Ihr Name, himmlisch
Christ
Das Himmlische von
liebe,
Bin ich doch Mensch
muß
Das Irdische mich a
Fräulein
Strahlt mir wie eine
Sie ist so hoch, zu n
Ob sie mich nimmt,
sie's,
Geschieht's aus Lieb
Vater,
Der die Verbindung
sie nicht.
Batt
Das wird sich geben
Otta
Vielleicht auch nicht
Liebe.
Ich ehre sie; sie ist
Es lebt kein edler F
ling,
Der nicht das höchst
würde,
Die Hand des schöne
halten;
Ich wünschte sie zur
mir,
Das zu erhalten, wa
Die Zärtlichkeit des
Auch seine Rechte: d
Vor der demüthigen
Batt
Doch, gnäd'ger Herr
einem Hause.
Wie wird das geh'n
Otto
Ganz
Ist schwärmerisch u
Argwohn;
Maria ist bescheiden,
Das Einzige, was n
Ist, daß Antonio hi
Das Fräulein ist se
Malt selbst vortref
mich wenig

Nur auf die Kunst; ich habe diese Sa-
chen
Nach meinem Ohm Jeronimo geerbt.
Es scheint mir artig so wie andre Pracht,
Nichts weniger, nichts mehr. Malt nun
Antonio,
Und macht es schlecht, so steh' ich da;
er ist
Ein armer, unbekannter Maler. Das
Ist mir verdrießlich; wenigstens möcht' ich
In ihren Augen für den Kenner gelten.
    Battista.
Ja, das ist freilich eine schlimme Sache,
Denn elend ist der Kerl, mein gnäd'ger
Herr!
Das könnt Ihr nur auf's Wort mir
glauben.
    Ottavio.
        Was
Verstehst denn du davon? Du bist ihm
gram!
Schweig still!
    Battista.
Es wird sich geben — Kommt er
nicht
Da durch den Garten schon?
    Ottavio.
      In Wahrheit?
    Battista.
        Ja,
Da steht er nun, besieht die Blumen-
beete;
Recht wie ein Bänkelsänger, mit dem
Bild
Noch auf dem Rücken, riecht sogar die
Blumen.
Ich will nicht hoffen, daß er Etwas ab-
reißt,
Dann werd' ich mit ihm sprechen!
    Ottavio.
      Laß das gut sein.
Ich will zur Seite treten. Der Palast,
Die Säle, Meubeln, die Bediente mögen
Ihm imponiren; solche Menschen lassen
Sich von dem äußern Glanz weit mehr
befangen
Als man es glauben sollte. Dann er-
schein' ich.
Ich muß ihm heute noch den Vorschlag
thun.

    Battista.
Wär' es nicht besser so gelegentlich — —
    Ottavio.
Was ich nicht kaufen kann, das stehl' ich
nicht.   (Ab.)
    Battista (allein).
Das stiehlst du nicht? So will ich für
dich stehlen.
Denn rächen will ich mich, und blutig
rächen,
So wahr als ich ein Calabreser bin.
Es haben mir, wenn auch nur ange-
droht,
Die Peitschenhiebe Michel-Angelo's
Mit rothen Striemen brennend auf dem
Rücken
Den Haß erfrischt; und eher kühlt sich
nicht
Mein wallend Blut, eh' des Verräthers
fließt.
    (Er sinnt.)
Der Nicolo ist Räuber schon geworden?
Gut, so versteht er wenigstens zu — —
Still!
Bin kein Poet, will keine Reime machen.
          (ab.)

    Antonio
(kommt mit seinem Bilde auf dem Rücken in
den Saal.)
Hier bin ich endlich. Gott! wie bin ich
müde?
(Er setzt das Bild hin, nimmt einen Stuhl
und setzt sich darauf.)
Es ist so heiß, der Weg so lang, die
Sonne
So brennend. Ach, hier ist es frisch und
luftig.
Die Großen haben es doch gut, sie
können
In diesen kühlen Steinpalästen wohnen;
Wie ausgehöhlte Felsen trotzen sie
Den Sommergluthen draußen. Frei
erhebt
Sich das Gewölbe, breite Pfeiler schatten;
Springbrunnen rieseln in den Vestibulen,
Und kühlen Raum und Wand. Du
lieber Gott!
Wer auch so wohnen könnte! Nun das
werd' ich

Ja bald auch können. — Wie gemäch=
lich steigt
Man auf den breiten, kalten Marmor=
stufen!
Und in den Nischen steh'n antike Büsten,
Und sehen Einen ruhig, vornehm an!
(Er wirft den Blick in den Saal hin.)
Auch dieser Saal mag wohl recht herr=
lich sein.
Ha, was ist das? Was seh' ich! Voll
von Bildern.
Es ist der Bildersaal. O heil'ge Mutter!
Ich steh' im Tempel, ohn' es selbst zu
wissen. —
Hier hängen eure schönen Meisterwerke,
Italiens Künstler! werden lange hängen
Als bunte Wappenschilder über Särgen
Verstorb'ner Helden, ihre Thaten zeigend.
Allmächt'ger Gott! Was soll ich erst be=
trachten?
Landschaften, Thiere, Helden und Ma=
donnen!
Mein Auge schweift umher, wie eine
Biene
Auf hundert bunten Blumen. Ach, ich
sehe
Vor lauter Sehen nichts; ich fühle nur
Der Kunst gewalt'ge frische Gegenwart
Großmächtig auf mich wirken. Möchte
knieen
Und weinen in dem Tempel meiner
Ahnen.
Sieh da, da hängt ein schönes Bild —
doch nein,
Das ist nicht eben schön! Nun Alles
kann
Auch gleichen Werth nicht haben. —
Ach was seh' ich!
Nein, das ist gar zu niedlich! hab' ich
wohl
Mein Tage noch so was geseh'n; da
steht
Ein altes Weib und scheuert einen Kessel
In ihrer Küche; eine Katze liegt,
Schläft in der Ecke, und der blonde
Knabe
Bläst Seifenblasen durch die Tabaks=
pfeife.
Ist es doch nimmer noch mir einge=
fallen,

Daß solche Sachen auch man malen
könnte.
Und hier, hier scheint es doch so blank
und nett
Aus ihrer Küche, daß es eine Lust ist!
Man muß es durch die hohle Hand be=
trachten.
Wie schön die Sonne durch das grüne
Laub,
Im Fenster in den Meßingkesseln scheint.
Wer hat wohl das gemacht? Steht nicht
der Name
Darunter? (liest.) „Flamländer, Unbe=
kannter."
Flamländer? welcher Landsmann mag
das sein?
Ob Flamland weit von Mailand liegt?
— Sieh da!
Da droben hängen große Stücke: —
Tische
Mit Blumen, halbe Gläser Wein, ge=
schälte
Citronen, Hunde, kleine Vögel. (springt.)
Ei,
Das ist doch gar zu hübsch! — Ha ha
ha ha!
Vier geiz'ge Greise zählen da ihr Geld!
Doch seh' ich recht? Das ist ja die Ge=
burt
Des Heilands. Ach, das kenn' ich gut,
das hat
Meister Mantegna aus der Stadt gemalt.
Wie herrlich geht der Bergweg da hi=
nunter.
Wie schön steh'n die drei Könige vor
dem Kind
Und vor d r ew'gen Himmelskönigin. —
Da ist ein andres Stück, sehr ähnlich
diesem.
Doch etwas drollig, sehr gutherzig. Ach,
Der Ochse stößt Madonna mit der Schnauze
In ihren Rücken, guckt neugierig aus,
Und freundlich greint der Mohr, er meint
es gut. —
Der kleine Knabe greift schon in das
Kästchen,
Will Spielzeug haben. Von — Alberto
Duro.
Ha ha! das ist ein Deutscher, weiß ich;
hinter

Den Bergen giebt's auch Menschen, sieht man; Maler
Sogar. — Doch Himmel! welch' ein göttlich Bild!
Ein fürstlich Weib, jung, blühend schön und sinnlich,
Wie brennt das Aug, wie lacht der kleine Mund;
Wie herrlich kleidet sie der rothe Hut
Von Sammet, und die weiten Sammet=
ärmel.
Von — Lionard da Vinci! ja der Tau=
send!
Das ist kein Wunder — ha, das nenn' ich malen!
Da ist ein König noch, erscheint mir in
Derselbigen Manier gemalt; ob's auch
Von Lionardo ist? er hat's vielleicht
In seiner Jugendzeit gemacht. (liest.)
Von Holbein;
Ich kenn' ihn nicht, 's ist auch ein guter Maler,
Dem Lionardo ähnlich, nicht so schön,
Und edel doch, — Euch Alten kenn' ich droben!
Wie lebst du, bied'rer Perugio, mit
Dem grünen Ton, und mit der Sym=
metrie
Zu beiden Seiten, und der Wiederholung?
Und mit dem heiligen Sebastian?
Bist doch ein großer Kerl! Ein wenig mehr
Erfindung wäre übel nicht gewesen. —
Da thronen die Gewaltigen; da hängt
Ein mächtig Bild in voller Lebensgröße,
Ein edler Greis, es ist der heil'ge Hiob.
Ha, das ist groß erdacht, groß ausge=
führt.
Das ist gewiß von Raphael — (liest.)
von — Fra
Bartholomeo. Ach, der gute Mönch!
Das wird nicht jeder Mönch dir leicht nachmachen? —
Wer hat wohl Zeit, dieß Alles durchzu=
seh'n?
Im Hintergrunde ist ein seid'ner Vor=
hang,
Das wird gewiß das Allerbeste sein.
Das muß ich sehen, eh' der Herr noch kommt.

(Er schlägt den Vorhang zurück, und erblickt
Raphaels heilige Cäcilia.)
Das ist die heilige Cäcilia!
Da steht sie mit der Orgel in der Hand.
Zerstreut, zerbrochen liegen ihr zu Füßen
Weltliche Geigen; aber selbst die Orgel
Sinkt schweigend mit der Hand, wie sie vom Himmel
Der Engel Chor vernimmt. Das Auge steigt!
Ha, wer hat das gemacht? Das ist nicht Malen,
Nein das ist Dichten! Hier seh' ich nicht bloß
Den großen Künstler, auch den großen Menschen;
Hier ist die hohe, heil'ge Poesie
In Farben ausgedruckt. Das wollt' ich auch!
Dem streb' ich nach in meinen besten Stunden!
(Ottavio tritt vornehm in den Saal hinein.)

Antonio
(fragt ihm entgegen, ohne zu grüßen, ganz in das Gemälde vertieft.)
Wer hat dieß Bild gemacht?

Ottavio
(stutzt, aber faßt sich wieder, sagt darauf kalt:)
Raphael!

Antonio
(mit freudiger Begeisterung.)
Ich
Bin auch ein Maler!

Ottavio.
Lieber Freund! das weiß
Seit mehrern Wochen ich, Ihr werdet es
Seit Jahren wissen.

Antonio.
Jetzt weiß ich es erst.

Ottavio. (beiseit.)
Der eitle aufgeblasne Thor! Battista
Hat Recht. Nun desto besser. (laut.)
Lieber Meister,
Es freut mich dieser Muth, die Zuver=
sicht.
Es geht Euch umgekehrt wie andern Künstlern,
Die selbst vernichtet vor dem Bilde standen,

Im Herzen fühlend, daß sie gar nichts
  waren.
    Antonio
  (immer das Bild betrachtend.)
Ja, das begreif' ich; wenn die Armuth
  nicht,
Vor dieser Fülle ihre Leere fühlt,
Dann wird sie's nimmer fühlen.
   Ottavio (für sich.)
      Dieser Mensch
Ist ja ganz umgeschaffen. (laut.) Ihr da-
  gegen
Scheint Euren eig'nen Reichthum stark
  zu fühlen.
    Antonio.
Ja lieber Herr! Hier fühle ich mein
  Leben!
Hier fühl' ich es, daß ich ein Künstler
  bin.
Hier seh' ich die Empfindung meines
  Herzens
Und die Gedanken meiner tiefsten Seele
So ausgedrückt, wie in den glücklichsten
Und besten Jugendstunden ich sie fühlte,
Wie's darzustellen — selten mir gelang.
Es blühet mein Gemüth wie Raphaels.
Mein Geist ist aber nicht so hehr und
  mächtig;
Geschmeidiger ist meine Hand, geübter;
Doch sein Gehirn umfassender und stärker.
Ich lächle, Raphael ist ernst; ich bin
Stets hingerissen, Raphael reißt hin.
Gott! welch ein Bild! Hier seh' ich was
  ich bin,
Hier ist der Maßstab; es erhebt mich sehr:
Denn in der Nähe fühl' ich mich des
  Himmels,
Doch wie ein Mensch sich nach dem
  Engel fühlt;
Und während meine Brust voll hoher
  Lust
Und voll Begeist'rung schwillt, beugt
  sich mein Haupt
Demüthig vor der nie erreichten Größe.
    Ottavio.
Ihr habt Eu'r eigen Bild hier mitge-
  bracht?
    Antonio
  (faßt sich aus seiner Begeisterung.)
Da steht es in der Ecke, gnäd'ger Herr!

    Ottavio.
Holt es doch her.
  (Antonio holt das Bild.)
Recht schön, recht brav, in Wahrheit!
Ich mag nur nicht, aufrichtig Euch ge-
  sprochen,
Die Kleidung leiden. Warum habt Ihr
  nicht
Sie so gemacht, wie sie im Leben ist?
Bei Gott! Maria läßt sich nicht ver-
  schönern.
    Antonio.
Ich habe die Madonna machen wollen.
    Ottavio.
Und ist Maria denn nicht Eure Donna?
    Antonio.
Vergebt, Eu'r Gnaden! ich versteh' Euch
  nicht!
    Ottavio.
Ei nun, ich weiß es wohl, Ihr Künstler
  lebt
Mehr in der Einbildung als in der
  Welt;
Liebt Luftphantome mehr und schöne
  Träume,
Als was da wirklich um Euch ist und
  athmet.
Ich habe nichts dagegen, nicht im Mind'-
  sten;
Ein Jeder muß ja seiner Neigung folgen.
Ich bin kein Künstler, kein Poet; begnüge
Mich mit der Wirklichkeit. Auf die Art
  können
Wir zwei vortrefflich denn zusammen
  leben.
Der Eine fällt nicht in's Gebiet des
  Andern;
Ihr liebt das Ideal, ich die Person.
    Antonio.
Vergebt Eu'r Gnaden, ich versteh' Euch
  noch nicht;
Was wollt Ihr damit sagen?
    Ottavio.
      Lieber Anton!
So will ich deutlich, ehrlich mit Euch
  sprechen,
Ihr seid ein schlichter Mann, versteht
  Euch nicht
Auf das, was wir Hofleute Feinheit
  nennen.

Nun, Anton, seht! Ihr seid ein armer Mann;
Es thut mir leid für Euch, Ihr härmt Euch ab,
Macht schöne Sachen und bleibt unbekannt.
Was hilft es Euch, daß Euer Licht verborgen
Unter dem Scheffel brennt? Wohlan, ich will
Euch glücklich machen. Dieses Haus ist groß,
Italiens reichste Edlen strömen täglich
Hier zu; hier sollt Ihr malen, glücklich sein.

Antonio.
Mein gnäd'ger Herr! Ist's wirklich keine Täuschung?
Das Glück fängt wahrlich an mir hold zu lächeln?
Von meiner ersten Jugend schweift es mir
Ein Irrlicht stets nur neckend in der Nähe;
Wenn ich es haschen wollte — war es weg!
Und plötzlich stand ich wie vorher im Dunkeln.

Ottavio.
Ich will Euch glücklich machen; bei den Heil'gen,
Nichts ist grausamer, als nicht einen Menschen
Glücklich zu machen, wenn's in unsrer Macht steht.

Antonio.
Ihr denkt sehr tugendhaft.

Ottavio.
So denkt auch Ihr.

Antonio.
Ich hab' es immer tief empfunden.

Ottavio.
Also,
Ihr möchtet auch mich glücklich machen, wenn
In Eurer Macht es stände?

Antonio.
Zuverlässig.
Doch, gnäd'ger Herr! Ihr seid ein Kind des Glücks;
Wie könnt' ein armer Mann Euch glücklich machen!

Ottavio.
Ach, lieber Anton! Alles ist nicht Gold
Was glänzt. Ich bin nicht glücklich! nein, gewiß nicht.

Antonio.
Der arme Herr, er dauert mich! —
Ist's möglich,
Mein junger, gnäd'ger Herr? Ihr habt ja Alles,
Was nur ein Menschenkind sich wünschen kann.

Ottavio.
Ich habe Alles, nur das Höchste nicht.

Antonio.
Das Höchste nicht? Das, mein' ich, kann ein Jeder
Doch haben, wenn er will.

Ottavio.
Was nennet Ihr
Das Höchste, Anton?

Antonio (treuherzig).
Zuversicht auf Gott,
Ein reines Herz, ein ruhiges Gewissen.

Ottavio (betroffen).
Ja so! — Da habt Ihr Recht! Das ist das Höchste,
Das Höchste für die Ewigkeit. — Der Mensch
Lebt aber in der Zeit; auch da muß ihm
Ein Höchstes blüh'n, soll er sich glücklich nennen.

Antonio.
Das ist wohl wahr.

Ottavio.
Die Offenbarung von
Dem Göttlichen auf dieser dunkeln Erde
Ist, was wir Liebe nennen. Mag sie nun
Sich allgemein im Großen offenbaren,
Was Kunst und Genius wir heißen; oder
Auch eingeschränkter und gedrungner, zu
Dem einzeln Gegenstand; vom Einzeln
Das Schönste in der Welt — ein holdes Weib.

Antonio.
Und welcher Künstler lebte noch auf Erden,

Der diese beiden Lieben inniglich
Nicht zu verbinden strebte!
    Ottavio.
     Nun, die Musa
Bleibt doch die Herrscherin im Künstler=
 herzen.
    Antonio.
Gewiß! weil die Geliebte Musa ist.
    Ottavio.
Und diese Musa wechselt mit dem Monde.
Von Musen giebt es wenig nur gerechnet
Neun schöne, allerliebste Kinder, wißt
 Ihr.
    Antonio.
Doch jede Musa schenkt die eigne Kunst,
Und jeder Künstler liebt die eigne Musa.
    Ottavio.
Der große Raphael, vor dem Ihr dort
Eu'r Haupt gebeugt, hat mehrere ge=
 habt.
    Antonio (gerührt).
Der arme Raphael! weil er keine
 hatte.
    Ottavio.
Raphael keine Musa?
    Antonio.
     Ja im Himmel!
In seiner Ahnung, seiner Sehnsucht, was
Er seine göttliche Idea nannte.
Jetzt hat er sie gefunden; seine Seele
Braucht immer nicht eine schmachtende
 Cäcilia,
Ihr edles Auge in das Blau zu richten
Nach süßer himmlischer Befriedigung.
Jetzt hat er, jetzt umschlingt er, küßt
 er sie.
Hier sucht' er sie vergebens, armer Ra=
 phael!
Drum warf sein darbender und durst=
 ger Geist
Sich in das Sinnenmeer und trank Be=
 täubung.
    Ottavio.
Seid Ihr denn glücklicher?
    Antonio.
     Bei Gott! das bin ich!
Du armer Raphael! Was half es dir,
Daß du so schön und blühend warst?
   Was halfen

Dir deine mächt'gen Freunde, Papst und
 Rom?
Was half dir die wollüst'ge Bäckerin?
Die garst'ge Nichte von dem Cardinal?
Du fandst doch nicht das höchste Glück
 auf Erden:
Ein holdes, tugendhaftes, treues Weib!
Du fandst doch keine liebende Maria.
Was war dein Glück? O, wie viel reicher
 fühl'
Ich mich, als du, in meiner kleinen
 Hütte.
    Ottavio.
Seid Ihr gewiß daran, daß Euch
 Maria
Von Herzen liebt?
    Antonio.
     Ja, so gewiß, mein Herr,
Als daß ich lebe.
    Ottavio.
   Gut! — Wenn Gut ich sage,
Mein' ich nur: gut für Euch, nicht
 gut für mich.
Gehabt Euch wohl, ich will Eu'r Glück
 nicht stören.
   (Antonio stutzt.)
    Ottavio.
Ich glaubte, daß Ihr nur die Musa
 liebtet;
Und Eure Frau nach Frauenart sich
 selbst,
Und nach sich selbst, was ihren Sinnen
 und
Was ihren Eitelkeiten schmeicheln könnte.
Drum lud ich Euch zu mir in Parma
 ein;
Ich wollt' uns alle Drei so glücklich
 machen.
Jetzt seh' ich wohl, daß es nicht geht.
 Ihr schwärmt,
Und Eure Frau, wie Ihr. Nun, sei es
 Traum
Nun oder Wirklichkeit — was glücklich
 macht,
Ist wirklich. Und so Gott befohlen,
 Anton!
Hier könnet Ihr nicht bleiben. Wollt'
 es schwerlich
Nach dem, was Ihr gehört. — Doch
 fürchtet nicht,

Ich werde nicht ein Fuchs bei Nacht und Dunkel
In Euren Taubenschlag mich schleichen.
Lieb' ich
Auch Tauben — nun, ich brauch' sie nicht zu stehlen,
Zu rauben nicht. Ich kaufe mir sie lieber
Am hellen Tag und auf dem offnen Markte.
Gehabt Euch wohl! Grüßt Eure schöne Frau!
Bei Gott, ich meint' es ehrlich mit uns Allen.
Hat Jemand etwas sich in dieser Sache
Noch zu beklagen, nun, dann bin es ich,
Der Einz'ge, der mit trocknem Mund davon geht.
Lebt wohl! Ihr sollt mir manchmal so ein Bild
Wie dieses machen. Bleibt im Saale hier,
Und seht Euch um, so viel, so lang Ihr wollt.
Battista soll Euch selbst das Geld hier bringen. (Ab.)

Antonio (allein).

So war's gemeint? Das war die hohe Liebe
Zur Kunst? Das war die Achtung für den Künstler?
Die Unterstützung? Schätzung? — O, ich Thor!
Da hat ein Irrwisch wieder mich genectt.
Ich bin gerächt, er ging beschämt von dannen.
Beschämt? Gerächt? Ich? Steh' ich nicht ein Sünder,
Ein frommes Schaf, ertragend die Beleid'gung?
(Heftig.)
Er soll sich mit mir schlagen; die Beschämung
Ertrag' ich nicht; ist er ein Edelmann,
Ein Adelsfleisch, zufällig so gezeugt —
Ich bin ein Adelsgeist, ein Auserkorner;
Ich werde leben in dem Buch der Zeiten,
Wenn er vermodert und vergessen ist.
Doch — ich versteh' das Schwert ja nicht zu führen.
So mögen Kugeln dann den Ausschlag thun! —
Ein Mörder? Lieber ein Beleidigter!
Und fällt er mich — Maria! Mein Giovanni!
Und du, geliebte Kunst! — Ha, lächerlich
Ist diese Wallung. Krieger mögen fechten,
Bei ihnen ist der Trotz und die Verachtung
Vor Tod und vor Gefahr Pflicht, Schuldigkeit.
Sie thun nicht anders, das ist ihre Ehre!
Der Künstler wirket geistig, so gehört er
Zum stillen Stand der Geistlichkeit, des Friedens.
Gott legte nicht den Speer in seine Hand.
Der leichte Zauberstab, der Geister bannt,
Kann Leben schaffen, Leben nicht vernichten.
Ich will's ertragen, wie das hohe Vorbild
Der Guten in der Welt die Schmach ertrug.
Denn wer auf dieser wüsten Erde für
Das Edle und das Höchste wirken will,
Der muß den Leichnam hin als Martyr geben;
Nach seinem Tod beginnet erst sein Leben. —
Mich umseh'n jetzt? Die Bilder hier betrachten?
Wie kann ich das? Was hab' ich diesen Tag
Erleben müssen: Hoffnung, Spott, Verzweiflung,
Die höchste Freude, Wandern, Hitze, Kränkung.
Ich bin sehr müde und mein Auge trüb.
Ich kann die Herrlichkeit gar nicht genießen.
Die Herrlichkeit, wonach ich mich vergeblich
So lang gesehnt, die jetzt mich nah' umringt,
Kann ich nicht kosten. Schlaffe Mattigkeit
Drückt meine Glieder. Ach, ich bin sehr übel!

Ich will ein wenig ausruh'n, um nach=
her
Den harten Weg zur Heimat noch zu
wandern.
(Er setzt sich auf einen Stuhl in der Ecke und
schläft ein.)
Ricordano tritt mit seiner Tochter Cöle=
stina in den Saal; die letztere hat einen
Lorbeerkranz in der Hand.
Ricordano.
Hier sind wir denn, mein Kind.
Cölestina.
Als fremde Gäste,
Nicht wahr, mein Vater?
Ricordano.
Böse Cölestina!
Weil du es willst.
Cölestina.
Weil du es willst, mein Vater!
Ricordano.
Ich will dein Glück, bei Gott das will
ich, Mädchen!
Du glaubst es bei Ottavio nicht zu
finden?
Es sei! Ich gebe meine Pläne auf.
Er kann es seinem Leichtsinn selbst ver=
danken,
Der junge Thor. Doch bleib' ich fest
dabei:
Sein Herz ist gut.
Cölestina.
Sein Herz? Und hat er eins?
Ricordano.
Ihr Mädchen wollt, daß Alles Herz nur
sei.
Cölestina.
So spricht der Mann, der selbst das
größte hat?
Ricordano.
Du Schmeichlerin!
Cölestina.
Ottavio hat keins;
Glaub' mir, mein Vater! keins. Er ist
nicht boshaft;
Selbstliebend aber, kalt und stolz und
wüst.
Er liebt mich nicht, ich lieb' ihn nicht;
und doch,
Mein Vater, kannst du wünschen —

Ricordano.
Nun, es sei!
Ich will vergessen, daß ich meinem Freund
Lorenzo auf dem Sterbebett versprach
Durch eine Heirath zwischen Sohn und
Tochter
Noch inn'ger uns're Häuser zu verbinden,
Ich that es übereilt; Gott mag's ver=
geben.
Cölestina.
Der Himmel wird sich freu'n, mein
Vater, daß
Du nicht dein armes Kind unglücklich
machst.
Ricordano.
Bei Gott! wenn ich's bedenke, wär' es
Nicht Sünde, Mädchen, solche Rosen=
knospe
Wie du — ich kann es sagen ohne Selbst=
ruhm,
Ich bin dein Vater — doch das Herz,
die Schönheit
Gab Gott dir, ich nicht — solche Rosen=
knospe
In einen harten, trocknen Grund zu
zwängen,
Im Augenblick, da jeder junge Gärtner
Vom Paradiese, das Florenz umkränzt,
Sich inniglich nach deiner Blüthe sehnt.
Cölestina.
Mein Vater, bin ich eine kleine Blume?
Ich will in deinem Eichenschatten blüh'n,
Ich will mich fest an deinen Busen
schmiegen.
Ricordano.
Mein Kind! fühlt deine Brust noch keine
Liebe?
Cölestina.
Zu Gott! zu dir, zu allem Guten,
Schönen!
Ricordano.
Zu keinem Jüngling?
Cölestina (erröthend).
Nein.
Ricordano.
(drückt sie an seine Brust.)
Du süße Unschuld!
Noch nicht? Nun, es wird kommen,
Mädchen. Glaub mir,

Der kleine Amor rächt sich; scheint er auch
Gelassen deinen Hohn zu dulden, ha!
Wenn du's am wenigsten vermuthest, wird
Er plötzlich dasteh'n, grausam als ein Silvio,
Und dich zur schmachtenden Dorinda machen.
    Cölestina
  (streichelt ihm die Wange).
Die Zeit, die Sorge, Vater!
    Ricordano.
     Kleine Musa!
So muß ich dich wohl nennen. Kalt wie Eis
Verschmähest du der Erdensöhne Liebe,
Und lebst nur in der Kunst und der Natur.
Für wen ist dieser Lorbeerkranz bestimmt?
    Cölestina.
Was weiß ich's, Vater! Wie wir durch den Garten
Des Schlosses giengen, bog der Zweig hervor
Aus dem Gebüsch, und hielt mich bei den Locken.
Zur Strafe riß ich ihn von seinem Stamm,
Und in der Hand ward gleich ein Kranz daraus.
    Ricordano.
Gewiß um deinen Raphael zu krönen!
Da hängt das Bild.
    Cölestina.
  Ach Gott! der schöne Saal!
    Ricordano.
Den schönen Tempel sollst du jetzt verlassen.
    Cölestina.
Ach ja!
    Ricordano.
Er könnte dein sein.
    Cölestina.
    Bester Vater!
Sag, möchtest du nicht von Ottavio
Uns diese Bilder kaufen?
    Ricordano.
    Gutes Kind!
Weißt du wie viel wohl solche Sammlung werth ist!
    Cölestina.
Nein, denn sie ist unschätzbar; doch Ottavio
Wird sich bescheiden; liebt er doch das Geld
Mehr als die Bilder. Mehr als deine Tochter
Dir werth ist, Vater, wird er nicht verlangen.
So wirst du bei dem Handel doch gewinnen.
Du giebst ihm Geld nur, und behältst dein Kind.
    Ricordano.
Du kleine zauberische Circe, du! —
Bleib hier, erfreue dich an den Gemälden.
Ich geh' hinein, Ottavio zu sprechen.
Ich werd' ihm meine Meinung sagen, deinen
Beschluß; er muß darein sich finden.
    Cölestina.
Das wird er wohl! Er ist ein feiner Hofmann,
Glaub' mir's, dieß Opfer kostet ihn nicht viel.
    Ricordano.
Wirst du nicht seine Frau, als Anverwandtin
Bleibst du noch immer seine Freundin, Schwester.
    Cölestina.
Versteht sich, Vater! Und als Freundin, Schwester,
Werd' ich noch oft wie heute kommen, um
Ottavio und — die Bilder zu besuchen.
    Ricordano.
Ha, du bist schlimm!
    Cölestina.
  Sag ihm: ich komme nach).
    Ricordano.
Bist du verlegen nicht, den armen Mann
Nach dem gegebnen Korb zu seh'n?
    Cölestina.
    Ach Gott!
Das Ganze ist ja nur ein Scherz; ich muß

Ihm doch den Korb mit art'gen Blumen
  füllen.
  Ricordano.
Ha, Mädchen! scheues, neckendes Ge=
  schöpf!
      (ab.)
  Cölestina (allein.)
Jetzt bin ich zwischen meinen lieben
  Bildern.
Dich, schöne Sammlung, sollt' ich ewig so
Verlassen? Nein, mein Vater muß dich
  kaufen.
Wie? Deine Schätze sollten hier in
  Staub
Und Barbarei vermodern, ohne Liebe
Und ohne edle Menschen zu erfreu'n?
Nicht also — O Cäcilia, dir muß
Ich meinen Lorbeerkranz zu Füßen le=
  gen.
Was seh' ich da? Ein Bild? Ein neues
  Bild
Steht umgekehrt da an der Wand. Ist's
  möglich?
Ottavio kauft sich Bilder? Nun das wird
Was Gutes sein.
  (Sie wendet das Bild um und erstaunt.)
Was seh' ich! Träum' ich? Nein
Dieß Bild ist von Antonio Allegri,
Dem großen, neuen, unbekannten Maler,
Nach dem ich viele Köpfe schon copirt;
Von dem uns Michel Angelo und Giulio
So viel erzählten auf dem Weg hieher,
Wo wir uns heute trafen. Buonarroti
Hat ihm beim Abschied seinen Ring
  gegeben.
Will künftig für ihn sprechen bei dem
  Herzog.
  (sie betrachtet das Bild.)
Ach Gott, wie ist das herrlich und le=
  bendig!
Die Mutter Gottes, welch' ein Angesicht,
Voll Huld und Demuth und voll süßer
  Milde.
Der Heiland strahlt in süßer Majestät,
Giovanni — Nein, den Knaben könnt'
  ich nehmen
Auf meinen Schooß und küssen tausend=
  mal.
Was das ein allerliebster Junge ist.
Er ist gewiß nach der Natur gemacht;
So etwas Eignes läßt sich nicht erfinden.
O süßes Bild — Ha, welch Gefühl und
  Farbe!
  (Sie steht vertieft in der Betrachtung, darauf
      sagt sie:)
Dieß Bild muß ich bekränzen. Jetzt
  versteh' ich,
Warum der Zweig sich bog, und mich
  im Gehen
Zurückhielt; eine schöne Ahnung war's
Von dem, was nun ich sehe. Könnt'
  ich so
Den Künstler kränzen, aber, das versteht
  sich,
So daß es Keiner säh', er selber nicht.
Ich will ihn hier in seinem Bilde kränzen.
  (Wie sie das Bild bekränzen will, wird sie
  Antonio gewahr, der in der Ecke schläft.)
Jesu Maria! da sitzt ja ein Mann!
  (Sie fährt zurück aber faßt sich gleich.)
Er schläft sehr tief; wer kann der Mann
  wohl sein?
Wie ist er in den Bildersaal gekommen?
  (Sie naht sich vorsichtig.)
Er ist kein Ritter, weniger ein Bürger —
Noch weniger ein Diener. — Er ist
  einfach,
Nachlässig angezogen, reinlich, arm;
Ein schöner Kopf! Wie blaß! Wie edle
  Züge!
Wie hoch die Stirn! — Hilf Himmel,
  seh' ich recht?
Er hat ja Buonarrot'is Siegelring
An seinem Finger! Alle guten Heiligen!
Dieß ist Antonio Allegri selbst;
Er hat Ottavio das Bild gebracht,
Ist müde von dem Gang hier einge=
  schlafen.
  (Sie betrachtet ihn mit der größten Theilnahme,
  und da sie sieht, daß er fest schläft, kniet
  sie vor ihm, um sein Gesicht besser sehen
  zu können.)
Ach Gott! wie sieht er treu und edel
  aus,
Er scheint in dieser Welt viel ausgestan=
  den
Zu haben; und ist doch nicht alt: ach
  nein!
Du große Seele!
  (Sie steht auf und sagt leise und schüchtern.)

Dürft' ich ihn bekränzen!
Doch Himmel, nein! wenn er die Augen aufschlüg',
Wenn Jemand käme. — Nein, ich will den Kranz
Hier hängen auf das Bild, so sieht er doch,
Wenn er erwacht, daß man ihn liebt.
(Sie hängt den Kranz hin und tritt zurück.)
So, so! —
Ach nein! das ist doch nichts, wie sieht das aus?
Kalt, unbedeutend! — Der Lebend'ge sitzt
Mit bloßem Haupt, und auf des Holzes Ecke
Hängt schief ein Kranz. Nein, nein, ich muß es wagen.
O alle gute Heiligen steh'n mir bei,
Daß glücklich ich mein Abenteu'r vollende!
(Sie setzt ihm zitternd den Kranz auf's Haupt, dann weicht sie wieder zurück.)
Da ist der Ort! so soll es sein, so so!
Jetzt ist der Kranz auf seiner rechten Stelle.
Wie schön schlingt er sich durch das dunkle Haar?
Wie herrlich wölbt sich unter ihm die Stirn.
So ist es recht. Gottlob, ich bin zurück,
Und nun leb' wohl! wir sehen uns bald wieder.
Er rührt sich, athmet tief — Zur Flucht! zur Flucht!
(Sie entfernt sich hurtig.)

Antonio
(tritt bestürzt hervor, aus einem Traum erwachend.)
Wo bin ich jetzt? — Ha, diese dunkle Halle
Ist nicht Elysium (Er besinnt sich.) Ach Gott, ich habe
Geschlafen und geträumt — Nein, mehr als Traum!
Ein Vorgefühl der künft'gen Seligkeit!
Ich stand in jenen seligen Gefilden,
Weit schöner als uns Dante sie beschreibt,
Im Musenhain, dem Tempel gegenüber
Von weißem Marmor, hoch und groß erbaut,
Granitnen Säulen, kolossalen Statuen,
Und drinnen voll von Büchern und Gemälden.
Ringsum im Gras sah ich um mich versammelt
Die größten Künstler alter, neuer Zeit,
Dichter, Bildhauer, Maler, Architekten.
Der große Phidias saß auf der Schulter
Der Herkulsäule wie 'ne kleine Fliege;
Er haute fleißig mit dem Meißel zu,
Und wußte klar den ganzen Riesenbau
In seinem Geist harmonisch festzuhalten.
Apelles tunkte lächelnd seinen Pinsel
Ins Morgenroth und malte Wunderbilder
Auf Wolken, die von Engeln hingetragen.
Bei seiner Orgel sah ich Palästrina,
Die Orgelpfeifen gingen durch die Welt,
Und die vier Winde hauchten Luft zum Ton.
Ihm stand Cäcilia zur Seit' und sang.
Homer, der Greis, saß bei der heil'gen Quelle.
Er sprach, und ringsum horchten alle Dichter.
Mich führte in den Kreis bei seiner Hand
Der hohe Raphael, schön wie im Leben.
Nur Silberflügel deckten ihm die Schulter.
Da tritt heraus — ich werd' es nie vergessen,
Die Musa, eine wunderschöne Jungfrau,
Rein wie der junge Morgenthau und blühend
Und leicht und heiter wie die Morgenrose.
Sie setzte mir mit der schneeweißen Hand
Den dunkeln Lorbeerkranz auf's Haupt, und sagte:
„Ich weihe dich zu der Unsterblichkeit."
Sieh, da erwacht' ich). Ist es mir doch immer,
Als fühlt' ich noch den Kranz auf meinen Locken.
(Er greift nach dem Haupt, und bekommt den Kranz in die Hände.)
O Himmel! Gott, was seh' — Ist es möglich?
Geschehen noch Mirakel in der Welt?

(Battista kommt mit Nicolo, der einen
  Geldsack trägt.)
Mein Freund — Battista! wer ist hier
  gewesen?
Battista.
Was weiß ich? Seht, da ist das Geld
  was Ihr
Vom gnäd'gen Herrn für Euer Bild
  bekommt.
Ihr müßt die Summ' in Kupfer nehmen;
  darin
Bezahlt der Bau'r dem Edelmann die
  Schulden.
Es wird ein wenig Euch den Rücken
  beugen,
Doch seid Ihr ja an's Tragen längst
  gewöhnt.
Seid Ihr ein Wunder auch als Maler,
  nun
Ihr werdet nicht vergessen, daß Eu'r
  Vater
Lastträger war. Die Schwere auf den
  Schultern
Wird Euch zumal an die Geburt er-
  innern.
Es ist ganz gut, bisweilen solchen Wecker
Zu haben, das beschützt vor Stolz und
  Hochmuth.
Antonio.
Battista! könnt Ihr mir nicht Silber
  geben?
Wenn auch nicht Alles — nur so viel
  ich heute
Und morgen brauche. Seht, der Weg
  ist lang
Ich hab' ihn einmal schon gemacht, bin
  müde,
Und soll noch obendrein die Last nach-
  schleppen.
Thut mir die Güte, Freund!
Battista.
Was Freund? Ihr seid
Mein Feind und bleibt's.
Antonio.
Was hab' ich Euch gethan?
Battista.
Die Schmach und die Beschämung, die
  ich heute
Von Michel Angelo gelitten, habe
Ich Euch nur zu verdanken; aber gut,
Ich werde Eure Dankbarkeit an mir
Auch in Bewegung setzen.
Antonio.
          Was kann ich
Dafür?
Battista.
Genug. Da ist das Geld; ich habe
Was Ihr mir schuldig seid, schon abge-
  zogen.
So macht Euch fort, und wagt es nim-
  mermehr,
In dieses Herrn Palast den Fuß zu
  setzen.
Antonio.
Ihr seid sehr aufgebracht?
Battista.
          Man giebt Euch Geld,
Kostbare Ringe, Lorbeerkränze seh' ich.
Nun, Ehrenmann, Ihr werdet auch von
  mir
Etwas erhalten.
Antonio.
          Bändigt Euren Zorn.
Battista.
Ich will ihn lieber kühlen.
Antonio.
          Thut, was Ihr
Vor Gott vertheid'gen wollt. Ich fürchte
  nichts.
Ich habe, was Ihr zu verachten scheint,
Ein rein Gewissen. Thut Ihr Böses
  mir,
Der Ew'ge wird es mir zum Guten
  wenden.
Lebt wohl! Ich scheide ohne Haß von
  Euch.
Der Sack, die Last macht mich klein-
  müthig nicht.
(Er setzt seinen Lorbeerkranz auf's Haupt,
  und nimmt den Sack auf den Rücken.)
Du sollst im Schweiße deines Angesichts
Dein Brod verzehren, hat der Herr ge-
  sagt.
Drückt auch die Last den Körper ganz
  zum Boden,
Der heil'ge Lorbeerkranz erhebt mein
  Haupt;
Ich gehe leicht davon, und kühnes Muthes
          (Er geht.)

Battista.
Der Sack ist schwer; was meinst du,
Nicolo?
Nicolo.
Das ist viel Geld.
Battista.
Nun siebzig Scudi. Aber
Was ist das gegen diesen Siegelring,
Den er am Finger trägt, der ist un=
schätzbar.
Was ist die Uhr?
Nicolo.
Wir haben eine Stunde,
Wenn ich nicht irre, noch zu Ave Maria.
Battista.
Dann sinkt die Sonne — löschen sich
die Farben.
Er muß noch diesen Abend nach —
Correggio!
Der Wald ist aber schattig, kühl; da
wird er
Nicht lange schwitzen. — Was ich sagen
wollte:
Du batst mich heute, Nicolo, um Urlaub
Ja, deine alte Mutter zu besuchen!
Wir hatten viel zu thun den ganzen Tag.
Jetzt aber ist da nichts im Wege. Wohl!
Du kannst gern geh'n. Doch Morgen
Vormittag
Mußt du schon wieder hier sein.
Nicolo.
Vielen Dank,
Mein Herr! Ihr thut mir eine größ're
Freude,
Als Ihr es glaubt.
Battista.
Das sage nicht; ich kenne
Die Freude, seine Lieben und Ver=
wandten
Zu seh'n.
Nicolo.
Bedanke mich nochmal.
Battista.
Schon gut.
(Nicolo ab.)
Er geht! Vortrefflich! Bist du in der
That
Ein Räuber, Mörder, nun so zeig' es
uns!

(Er steht einen Augenblick gedankenvoll, dann
sagt er:)
Ich habe nichts gesagt; ihn nicht ge=
dungen.
Er geht nach seiner Mutter. Einem
Sohn
Erlauben, seine Mutter zu besuchen
Ist ja ein christlich Werk. Ich habe
mein
Gewissen frei. Fällt der Allegri — nun
Dann ist es Gottes Straf', nicht meine
Rache. —
Ich wasche meine Hände, bin unschuldig.

Fünfter Akt.

Ein Wald; im Hintergrunde Silvestro's Hütte.
Eine dicke knotige Eiche steht bei der Hütte
und ist zur Capelle eingerichtet; mitten im
Stamm ist eine Einfassung, um welche die
Rinde wächst; in dieser Einfassung hängt das
Magdalenenbild. Kleine Steinstufen gehen
hinauf zum Baum, dessen Wölbung als ein
runder Tempel zusammen geflochten und zuge=
schnitten ist. Vorne stehen große Platanen,
und zur rechten Hand sprudelt eine Quelle
aus einem Erdhügel zwischen Steinen, und
schlängelt sich als Bach weiter durch den
Wald.

Valentino
ein alter Räuber, sehr groß und stark, schwarz=
braun von Gesicht; die Haare hat er in
einem grünen Netze, darüber einen breiten
runden Hut; zwei Pistolen im Gürtel,
Schwert an der Seite, eine Flinte auf dem
Rücken, sitzt nachdenklich an der Quelle.

Wie Alles mit der Zeit sich doch ver=
ändert;
Mit Allem auch die Art zu seh'n, zu
denken;
Vor dreißig Jahren, wenn ich durch den
Wald ging
Voll Haß und Zorn ob dieser stolzen
Welt,

4*

Da zeugten diese Schatten in den Zweigen
Mir dunkle Mordsucht in der Brust; traf ich
Auf einen hohlen Baum, da stand er mir
Nur da als Hinterhalt und Festung, um
Daraus den Wandrer schnell zu überfallen.
Die Blumen guckten mir nur in die Augen
Als freches Unkraut, gut zum Niedertreten.
Und gingen schöne Weiber durch den Hain,
Da spitzt' ich wie ein Tiger gleich die Ohren.
Nie fühlt' ich ruhiger und froher mich,
Als nach begangner Heldenthat, und tief
In meiner Höhle schwelgt' ich mit den Knechten,
Und fühlte mich ein Pluto, Jovis Brnder,
Ein starker König grauser Unterwelt. —
Jetzt ist es anders, wie das Alter kommt!
Jetzt grauset mir in dieser dunkeln Höhle,
Als sagte mir die Kluft: Wirst bald für ewig
Da sein: hinauf! genieß' das schöne Licht,
Die kurze Zeit, die es dir noch vergönnt.
Ich habe keine Lust an Morden mehr.
Ich treib' es nur in Zorn, aus Noth, und als
Nothwend'ge Politik für meinen Staat.
„Der alte Valentino." — Dieser Name
Zeugt blasse Furcht auf jeder Lippe, die
Ihn ausspricht. In den Ammenstuben stillt
Man Kinderschrei'n damit, und im Gericht
Verstummt der stolze Richter, wenn er's hört,
Wird blaß, und läßt vor Angst die Feder fallen.
Ich bin weit mehr gefürchtet als der Teufel.
Auch hat mich meine Kraft noch nicht verlassen;
Der Muth scheint aber leider sich beurlaubt

Zu haben jetzt — Woher mag das wohl kommen?
Denn freilich, bin ich Räuber auch und Mörder,
Ich habe deßhalb nimmer aufgehört,
Ein guter Christ zu sein; das Eine läßt
Sich mit dem Andern ja ganz gut verbinden.
Ich hab' in meinem Leben viel Excesse
Begangen: Leute in die Brust gestoßen,
Viel Gurgeln abgeschnitten, Mädchen, Weiber
Entehrt, viel Geld genommen, und so weiter;
Das soll mir aber Niemand sagen, daß
Ich einen Tag gelebet ohne mind'stens
Drei Paternoster auszubeten; auch
Bin in die Messe fleißig ich gegangen,
Und hab' mir Absolution gekauft,
So für begangne wie zukünft'ge Sünden.
Auf die Art sollte man nun also glauben,
Daß mit Courier ich einst gen Himmel fahre,
Wenn es so weit kommt; und doch schleicht die Furcht
Sich langsamer als je ein Vetturino
Den Himmelsweg hinauf. Und eh' ich's weiß,
Tritt wohl ein aufgebrachter Racheengel
Aus dem Gehölz, zielt auf mich mit der Flinte,
Zwingt mich das Bischen Hoffnung ihm zu geben,
Und stürzt mich, wie der Herr einst Lucifern,
Tief durch die Erde in den Höllenschlund.
(Silvestro tritt aus der Hütte, kniet vor dem Magdalenenbild und verrichtet sein Abendgebet.)

Valentino.

Das ist der alte Eremit Silvestro.
Ein schwacher Mensch, blaß, hager im Gesicht;
Doch blickt sein Auge kräftig und voll Licht.
Ich blühe braun und männlich wie der Herbst,
Seh' aber ich mein Aug' im Spiegelbach,

So scheint es trübe mir, bleich wie Saturn,
Und zittert kalt mit ungewissem Schimmern.
So tödtend ist ein einziger Gedanke,
So heilend ist die Zuversicht, die Hoffnung.

Silvestro
(steht auf und geht ihm entgegen).
Gott grüß' Euch!

Valentino.
Vielen Dank für diesen Wunsch!
Ehrwürd'ger Bruder, kennt Ihr mich?

Silvestro.
Ihr seid ein Jäger.

Valentino.
Ja, ein Scharfschütz.

Silvestro.
Auf die Art
Sind wir Waldbrüder Beide.

Valentino.
Beide Greise.

Silvestro.
Und Beide müde von der Welt.

Valentino.
So scheint's.

Silvestro.
So richten also Beide wir die Augen
Von dieser Erde in die Ewigkeit.

Valentino.
Wenn es nur etwas hilft.

Silvestro.
Wie sollt' es nicht?

Valentino.
Ihr seid ein frommer Mann, Euch wird St. Peter
Beim ersten Klopfen gleich einlassen; ich
Dagegen! so ein wilder Kerl, ein Jäger,
Der viel unschuld'ge Thier' im Wald getödtet!

Silvestro.
Und wär't Ihr selbst ein Räuber, wenn Ihr reuig
Am Todeskreuz Euch zu der Gnade wendet,
Es würde Euch gelingen.

Valentino.
Kennt Ihr mich?

Silvestro.
Ich kenn' Euch, Valentino.

Valentino.
Und fürchtet nichts?

Silvestro.
Vielmehr, ich hoffe noch mit Gottes Hilfe
Die Angst aus Eurem Herzen zu vertreiben.

Valentino.
Ihr wißt wie mein Gemüth beschaffen?

Silvestro.
Ja.
Nicht Steine bloß und Bäume hier im Wald
Vernahmen Eure Noth; ich weiß sie auch.

(Mehrere Räuber kommen mit Franz Battista.)

Bruno.
Seht, hübscher Leute Kind mit Reisegeld
Und einem vollen Ränzel auf dem Rücken.
Erlaubt mir, Hauptmann, diesem Vogel gleich
Die Federn abzurupfen und den Hals
Dann umzudreh'n — es ist des Gastwirths Sohn,
Ein Sohn von dem Battista in Correggio.

Ein Anderer.
Der garst'ge Kerl, der uns in's Handwerk pfuscht.

Ein Dritter.
Der manchmal uns den kühlen Trank versagte,
Nachtlager auch, und alle Artigkeiten,
Wenn wir als arme Handwerksbursche kamen.

Valentino.
Ein feiger Heuchler, ein elender Wicht,
Ein neidischer verruchter Bösewicht.
Räuber sind reine Engel gegen ihn,
Denn gegen die Gewalt kann sich doch Kraft
Und Vorsicht waffnen; aber Nattern schleichen
Sich hämisch hin und stechen todt. Denk' ich
An diesen Wicht, dann kocht die Galle mir

Auf in die Brust. Er hat mein Herz durchstochen,
Denn er ist Schuld daran, daß Nicostrato,
Mein Bruder und mein Freund in Tod und Leben,
Mit Keulen todtgeschlagen ward; daß seine
Mannhaften Glieder von den Henkersmessern
Abscheulich abgeschnitten wurden; weil
Der Hund der Obrigkeit (sonst mild und menschlich)
Den Rath gab, ihn auf die Tortur zu spannen.
Nehmt seinen Sohn; ich geb' euch ihn als Opfer,
Sein blut'ger Tod soll meine Rache kühlen.
(Die Räuber wollen Franz wegführen, er wirft sich Valentino zu Füßen und ruft:)
Barmherzigkeit!
   Valentino
  (zuckt seinen Dolch).
Fahr' hin, du Natterbrut!
   Silvestro
(ergreift das Magdalenenbild mit der einen und Valentino's Arm mit der andern Hand.)
Barmherzigkeit! Was hat der arme Jüngling
Dir denn gethan? O bändige dein Herz!
Wirkt die Natur in ihrer ew'gen Größe
Nicht auf dein störrisches Gemüth; wohlan,
So zeige doch, daß du ein Christ noch bist.
Verschone ihn, befleck' die Gegenwart
Des heil'gen Bild's nicht mit unschuld'gem Blute!
Sieh diesen Todtenkopf, das sollst du werden!
Sieh dieses große Buch, das ist die Bibel,
Worin dir das Gebot geschrieben steht:
Du sollst den Nächsten lieben wie dich selbst.
Sieh dieses fromme Weib, die Heldin riß
Sich kräftig von der Sünde. Thu' es auch,
Errette deine Seele; sei ein Mensch!

   Valentino
 (staunt zurück wie er das Bild sieht).
Laßt ihn! Bei Gott, die Heilige ist nah,
Ist gegenwärtig — Nicht ihr Bild, sie selbst
Hat meine Hand zurückgehalten. Seht Ihr
Sie Alle? Sancta Magdalena? Seht Ihr
Sie, die Fürbitterin der wüsten Sünder?
Sie, unsre Heil'ge; seht Ihr sie?
(Alle Räuber nehmen unwillkürlich die Hüte ab, wie sie das Bild sehen und knieen.)
     Wir sehn Sie,
Wie schön sie ist, ach wie lebendig da.
Ora pro nobis, Sancta Magdalena!
   (Sie kreuzen sich.)
   Valentino (zu Franz).
Geh' hin in Frieden! Danke dieser Heil'gen
Für deine Rettung, und nächst ihr, dem Manne,
Vor dessen Geist sie klar sich offenbarte,
Damit er wieder sie den Menschen zeige.
   Silvestro (zu Franz).
Dieß Bild ist von Antonio Allegri,
Dem armen Maler, deines Vaters Nachbar.
      (Franz ab.)
  (Zu Valentino.)
Ich danke dir!
   Valentino (abbrechend).
 Wir sehn uns morgen wieder.
(Silvestro geht in seine Hütte hinein.)
Nicolo (kommt).
Herr Hauptmann, schön, daß ich Euch hier getroffen!
Ein Maler, der Antonio aus Correggio,
Wird gleich vorbei hier kommen, auf dem Rücken
Hat er so einen Sack voll Kupfergelds,
Und was noch besser ist, an seinem Finger
Den schönsten Siegelring.
   Valentino.
   Du feiger Wicht!
Den wackern Künstler willst du jetzt berauben,
Der solche Heil'ge machen kann? Der solche
Gefühle selbst in Eisenherzen gießt?

Lebt er in Streit nicht mit der breiten
  Welt
Wie wir? Und wird er nicht wie wir
  verhöhnt,
Verfolgt? Die Künstler und die Räuber,
  das
Ist eine Art von Leuten. Beide meiden
Den breiten staub'gen Weg des Alltags-
  lebens,
Und bahnen sich anmuth'ge Schatten-
  pfade
Durch Blüthendunkel. Künstler willst
  du schinden,
Infamer Wicht! Und glaubst ein Held
  zu sein?
Hab' ich deßwegen dich in's Haus ge-
  sandt
Des reichen Edelmanns, daß du dem
  armen
Arbeiter da den Taglohn stehlen solltest?
Schäm' dich zum Teufel! du verdienest
  nicht
In ehrlicher Gesellschaft wackrer Männer
Zu leben.

Nicolo.
  Doch ich dachte —
Valentino.
  Wie du bist!
Hinunter in die Höhle, Räuber alle!
Ich habe heute viel mit Euch zu sprechen.
Nur kurze Zeit kann ich mit Euch noch
  leben;
Denn ich bin alt, und das Gewissen hat
Auch seine Rechte. Lang genug habt Ihr
Von meinem Schweiß und meiner Müh
  geerntet,
Manch Beispiel hat man, daß ein alter
  König
Den Szepter Alters wegen willig legte.
Das werd' ich auch bald thun. So lang
  ich noch
Hier bei Euch bin, wird nicht gemordet;
  hört Ihr?
Die Reichen könnt Ihr immerfort noch
  plündern,
Die Armen sollt Ihr gehen lassen. Das
Ist mein Gebot. Wollt Ihr es halten?

Räuber.
  Ja,

Wenn du nur immer bei uns bleiben
  willst.

Valentino.
In dieser Nacht wird auch nicht mehr
  gejagt.
Antonio geht frei durch Wald und Busch,
Und soll nicht andre lose Vögel treffen,
Als die da freundlich in den Zweigen
  singen.
  (Alle Räuber ab.)

Antonio
(kommt mit seinem Sack; auf dem bloßen
  Haupt hat er den Lorbeerkranz; er wirft den
  Sack bei der Quelle hin und setzt sich.)
Ich kann nicht mehr. Die Kräfte sind
  erschöpft.
Gott Lob! hier fließt der Quell. Ach,
  hätt' ich doch
Jetzt einen Becher — Mit dem Hut! —
  den hab' ich
In Parma liegen lassen, um dem Kranz
Nicht seinen Platz zu rauben — Mit
  der Hand!
(Schöpft Wasser mit der Hand).
Ach, das verschlägt nicht, mehrt mir nur
  den Durst.
Ich fühle mich sehr matt, bin fieberkrank.
Könnt' ich nach Hause nur, um meinen
  Lieben
Das Geld zu bringen. Wie wird nicht
  Maria
Sich ängsten, wenn es dunkel wird und
  ich
Nicht komme — Ha, das Blut steigt
  mir zum Kopf.
(Er nimmt den Lorbeerkranz ab und betrach-
  tet ihn.)
Er ist sehr frisch und kühl — der Schei-
  tel brennt.
„Ich weihe dich zu der Unsterblichkeit!"
Unsterblichkeit beginnt erst nach dem
  Tode!
Ha, meine Göttin! war es so gemeint?
(Lauretta, ein Bauernmädchen, geht mit einem
  Eimer auf dem Kopf singend durch den Wald.)

Antonio.
Wer kommt noch da so munter und so
  singend?

Es ist Lauretta, unsers Nachbars Tochter,
Um ihre Ziegen noch im Feld zu melken.
Lauretta.
Seh' ich noch recht? Da sitzt ja Meister Anton.
Antonio.
Lauretta! guten Abend!
Lauretta.
Kommt Ihr endlich!
Maria, Eure Frau, hat sich geängstigt,
Weil Ihr so lange weggeblieben, Meister.
Antonio.
Ich habe gar nicht eher kommen können.
Lauretta.
Ihr seid wohl müde von dem langen Weg?
Das ist kein Wunder.
Antonio
Liebes Kind! willst du
Mir einen Trunk aus deinem Eimer reichen?
Ich habe nichts, womit ich schöpfen kann.
Lauretta.
Wo habt Ihr Euren Hut?
Antonio.
Den hab' ich dort
In Parma liegen lassen.
Lauretta.
Und was habt
Ihr um den Kopf? Ach einen Lorbeerkranz.
Der steht Euch wohl! Wer hat Euch den gegeben?
Antonio.
Die Himmlische!
Lauretta.
Ihr Künstler! Ihr vergeßt
Doch Alles über Euren Träumereien.
Will keinen Künstler haben; soll ich einmal
Heirathen, will ich einen Mann doch nehmen.
Der nicht die Frau vergißt.
Antonio.
Gewiß, ich habe
Maria nie vergessen.

Lauretta
(spült den Eimer und reicht ihm zu trinken).
Nun trinkt nach Herzenslust.
(Antonio trinkt begierig.)
Lauretta.
Ein kühler Trunk,
Kommt von den Höhlen in der Unterwelt.
Antonio (lächelnd).
Ich danke dir, du liebliche Rebekka;
Ich werde noch dir einen Mann verschaffen.
Lauretta.
Warum nicht gar?
Antonio (will aufstehen).
Nun muß ich geh'n — Ich bin
Sehr matt und müde.
(Er sinkt wieder nieder.)
Lauretta.
Ruht ein wenig aus,
Maria ist mit ihrem kleinen Jungen
Entgegen Euch gegangen, wird bald hier sein;
Dann könnt zusammen ihr nach Hause geh'n.
Antonio.
Ich weiß nicht, aber es wird mir so ängstlich.
Lauretta.
Ihr seid zu melancholisch, Meister Anton!
Das kommt, weil Ihr die Heil'genbilder malt.
Ruht unter diesem Baum ein wenig aus.
Dann will ich Euch so lang ein Liedchen singen,
Das gut sich bei der Quelle hören läßt.
Antonio.
Ja, singe, Kind! Erheitre mir das Herz!
Lauretta.
(Singt.)
Die Elfin wohnt in der Felsenhall,
Der Pilger sitzet am Wasserfall.
Die Wellen stürzen so weiß wie Schnee
Hinunter tief von der Felsenhöh;
Herr Pilger, spring in den Strudel hinein,
Dann sollst du mein Trauter auf ewig sein.

Ich löse vom Körper die Seele dir,
Sollst lustig tanzen im Wald mit mir.
Herr Pilger, stürze dich rasch nur hinein,
Ich spüle wie Elfenbein weiß dein Gebein.
Tief sollst du ruhen im feuchten Gemach,
Und über dich stäubet der Felsenbach.

Dem Pilger grauset, er will auffsteh'n,
Da ist er so müd' er kaun nicht geh'n.
Die Elfin stehet mit goldenem Haar,
Reicht ihm den Becher mit Wasser klar;
Der Pilger trinket den kühlen Trank,
Da fühlt er sich plötzlich so matt und krank.

Es läuft ein Schauder durch Mark und Blut,
Er hat getrunken die Todesfluth;
Er sinket blaß in die Rosen roth,
Da liegt der Pilger, ach, und ist todt.
Der Strudel zieht ihn hinab zum Schlund,
Da liegen die Knochen im feuchten Grund.

Nun ist die Seele vom Körper frei,
Nun kommt sie Nachts in dem Wald herbei,
Im Frühling, wenn schneller der Bergstrom reißt,
Da tanzt mit der Elfin des Pilgers Geist.
Dann scheinet der Mond durch den dunkeln Hain,
Durch's Wasser auf sein weißes Gebein.
(Wie Lauretta das Lied geendigt hat, steht sie schnell auf und sagt:)
Doch es wird spät, ich muß Euch jetzt verlassen,
Muß meine schwarze Ziege melken geh'n.
Nun fahret wohl! Maria wird Euch bald
Abholen mit Giovanni!
        Antonio.
             Vielen Dank!
        Lauretta.
Kein' Ursach!
    (Sie geht schnell ab.)

        Antonio
    (starrt ihr nach).
Kein' Ursach? Du hast Recht! Ein gräßlich Lied,
Ein garst'ger Todeston, ein Jauchzen von
Den unterird'schen Mächten in der Tiefe.
Die Distel hat Italien nicht gezeugt
In ihrem Blumenschoß. Blonde Lombardin!
Die hast von deiner Mutter du geerbt,
Und sie von ihrer, und so fort, bis zu
Der Ahnfrau, die sich in den Pferdeschweif
Wahnsinnig hing, weil der Barbar, ihr Mann,
Die Schlacht verlor. — Sie sagte: Fahret wohl!
Nicht Lebet wohl! Sie reichte mir den Trank,
Den Todestrank, die goldbehaarte Elfin!
Es lief ihr Schauder mir durch Mark und Blut —
Bei Gott, ich habe dieses Lied erlebt,
Indem sie mir es spöttisch vorgesungen —
(Er faßt sich, schweigt einen Augenblick, und sagt darauf ruhiger mit einem Lächeln.)
Es geht der Phantasie wie jeder Kraft,
Wie jedem Feuerfünklein: eh' es löscht,
Muß es zu guter Letzt noch kühn auflobern.
Es sei! Ich zittre nicht. Und war sie Elfin,
So war das holde Wesen, das in Parma
Mein Haupt bekrönte, meine Musa; dann
Wird auch Maria keine arme Wittwe.
Sie ist die wahre himmlische Maria.
Dann ist Giovanni auch kein vaterloser Waise,
Er ist Giovanni selbst, der kleine Engel,
Der mit dem Agnus-Dei-Stab Maria
Zur Erde gern gefolgt, um meine Kunst
Zur Gloria des hohen Christenthums
Zu lenken, zu vollenden. — Ja, so ist's!
(Mit leichterm Herzen.)
Wie schön der Abend ist! wie blau und kühl!

Die Kühle fächelt mich mit Engels-
 flügeln,
Labt mich. In Osten fällt ein leichter
 Regen;
Die Sonne sinkt in Westen, malt im
 Süden
Noch auf den Thau den schönsten Regen-
 bogen.
Wie freudig mir das Grün entgegen
 lobert,
Als Hoffnung aus der blauen Ewigkeit.
Ist es mir doch als glänzten mir zum
 Abschied
Zu guter Letzt die heil'gen sieben Farben,
Als wenn sie mir zur Heimat ihrer
 Mutter,
Des reinen Lichts, von diesen Schatten
 winkten.
(Er nimmt den Sack.)
Ich hebe dich, du schwere Last des Le-
 bens,
Zum Letztenmal. Du harter Mammon!
 Stets
Ein Feind des Geistes, der nicht irdisch
 strebte!
Hast dich gerächt! Das Wen'ge, was
 mein Pinsel
Dir abzwang, drücke meine Schultern
 immer
Mit Kupferlast. Jetzt leb' ich ohne dich!
O komm, Maria! Mein Giovanni,
 komm!
Ein Anblick nur! Ein letztes Lebewohl!
Ja lieber Gott! nur diese süßen Freuden
Des Lebens noch — Dann will ich gerne
 scheiden.
(Er geht.)

(Maria kommt von einer andern Seite mit
Giovanni; er hat den kleinen Agnus=Dei=
Stab in der Hand.)

Giovanni.
Warum kommt nicht der Vater, liebe
 Mutter?

Maria.
Er wird bald kommen, hoff' ich; er hat
 heut
In Parma viel zu thun gehabt.

Giovanni.
Es wird
Schon dunkel, liebe Mutter! ich bin
 bange.

Maria.
Das darfst du nicht, Giovanni! Wer
 nichts Böses
Begangen, braucht sich vor der Finsterniß
Auch nicht zu fürchten.

Giovanni.
Eben war der Himmel
So blau und bunt; da spielten alle
 Farben
Und kleine Wolken mit einander; jetzt
Ist Alles ganz vorbei, die Sonne sinkt,
Ist schon hinunter, und nun ist da nichts
Als nur ein dunkler Streif von rothem
 Blut.

Maria.
Siehst aber du das holde Angesicht
Da durch die Zweige?

Giovanni.
Ja, das ist die Luna.
Ihr Licht beginnt erst, wenn das erste
 sinkt,
Ist mild und selig, labt den freien Geist.
(Sie setzt sich bei der Quelle.)

Giovanni.
Da stehen noch Vergißmeinnichte, Mut-
 ter,
Rund um im Gras; darf einen Kranz
 ich pflücken,
Bis Vater kommt?

Maria.
Ja wohl, du kleine Nachwelt,
Pflück' von der Wirkung der gesunk'nen
 Kraft
Dir einen Kranz; was kannst du besser
 machen.
(Giovanni ab.)

Maria (allein.)
Ich Thörichte! Muß Alles denn Be-
 ziehung
Auf eine fürchterliche Ahnung haben?
Warum erhitz' ich mir mit Schreckens-
 bildern
Die Phantasie und das Gefühl? Ich
 weiß ja
Von keinem Unglück noch! Wenn aber,
 ach,
Ich's weiß, liegt dann in diesen ew'gen
 Bildern

Auch nicht mein einziger, mein höchster Trost?

Lauretta
(singt außer der Scene).

Es lauft ein Schauder durch Mark und Blut,
Er hat getrunken die Todesfluth,
Er sinket blaß in die Rosen roth,
Da liegt der Pilger, ach, und ist todt.
Der Strudel zieht ihn hinab zum Schlund.
Da liegen die Knochen am feuchten Grund.

(Sie kommt herein.)

Ach! Nachbarin Maria! seid Ihr da?
Das wußt' ich wohl, Ihr würdet auch bald kommen.

Maria.
Hast du Antonio nicht geseh'n, Lauretta?

Lauretta.
Ja wohl! ich habe ihm sogar zu trinken
Gegeben, und ein Lied ihm vorgesungen.

Maria.
Ach Gott! wo ist er?
(Man sieht Antonio in der Ferne.)

Lauretta.
Seht, da kommt er wieder;
Nun, das wird eine Freude geben. Ihr
Seid Beide so verliebt noch, als wenn ihr
Versprochen und nicht Eheleute wäret.
So will ich eure Lust denn auch nicht stören;
'S ist ohnedem schon spät; nun gute Nacht!
(Ruft.)
Antonio, ich wünsch' Euch wohl zu schlafen!
(Sie geht.)
(Antonio kommt blaß wie der Tod.)

Maria.
Antonio!

Antonio
(wirft den Sack hin).
Maria! da ist Geld!
So hab' ich dich und deinen armen Knaben
Für kurze Zeit versorgt; ich kann nicht mehr.
Mag der allmächt'ge Gott euch ferner helfen.

Maria.
Antonio! O heil'ge Mutter Gottes!

Antonio (umarmt sie).
Das bist du nicht! nicht wahr? Du bist mein Weib,
Du arme Frau, ach, du verlass'ne Wittwe!
Gott sei gelobt, das heiße wilde Blut
Hat freien Lauf bekommen; jetzt wallt Lust
Zu meinen Adern.

Maria.
Du bist blaß und blutig!

Antonio.
Nein, blutlos, liebes Kind! der Erde hab'
Ich einen Theil gegeben. Jetzt bin ich
Nicht mehr geängstigt von den Fieberträumen,
Nicht wahr? Das war Lauretta, die da ging,
Das junge Mädchen mit den gelben Haaren.
Kein böser Dämon, meine Atropos?

Maria.
Antonio!

Antonio.
Und du, du bist mein Weib,
Giovanni ist mein Sohn, Menschen wie ich,
Nicht ewige, erhabne Himmelsgeister,
Die ohne Mitleid sind, weil sie nicht leiden.
Ihr werdet leiden, ach, zu viel, zu viel.

Maria.
Ich Unglückselige!

Antonio.
Verzage nicht;
Gieb mir den Brautkuß, meine liebe Braut!
Fürchte dich nicht, die Lippen sind nicht blutig.
Ich habe in der Quelle sie gespült.
Sie sind nur veilchenblau, du gutes Kind!
Ein flücht'ger Flügelstaub des Schmetterlings,
Des neugebornen, der zum Himmel steigt.

Maria.
O nein, Antonio! So soll es enden?
Antonio.
So muß es immer enden, gute Seele!
Eine Minute früher oder später,
Was macht das aus? Der Augenblick
ist bitter,
Doch nur ein Augenblick, und, o Maria!
Auf diesen Augenblick folgt Ewigkeit.
Maria.
O mein Geliebter!
Antonio.
Willst du mir versprechen,
Daß du den Augenblick ertragen willst?
Daß nicht die Thränen sollen schmerzlich fließen
Als Blut des Opferlammes, aber sanft
Das Herz erleichternd, schöne reine Perlen
Des Mitgefühls, der Menschlichkeit, der Liebe?
Maria.
Fahrt hin in Frieden! Ich versprech' es dir.
Antonio.
Nun denn, in des Allmächt'gen Gottes Namen!
Wo ist mein Sohn?
Maria (ruft).
Giovanni! Er pflückt Blumen.
Antonio.
Zu seines Vaters Sarg. Geh' hin, Maria,
Zu unserm alten Freund Silvestro,
Er soll das heil'ge Abendmahl mir reichen.
Maria.
Er schläft! Doch — muß ich —
Antonio.
Ja, er wird bald kommen.
Maria.
Ich eile — zittre —
Antonio.
Liebe, zauderst du?
(Maria küßt seine Stirn, blickt zum Himmel und sagt:)
Ich geh'; du siehst mich wieder gleich.

Antonio
(sieht ihr freundlich in's Gesicht und drückt ihre Hand).
Ja, gleich.
(Maria ab.)
Die Trennung ist sehr kurz.
(Giovanni kommt.)
Giovanni, komm,
Mein liebes Kind! was hast du?
Giovanni.
Einen Kranz,
Mein Vater, von Vergißmeinnicht.
Antonio (küßt ihn).
Du kleiner
Unschuldiger! Du vaterlose Waise!
Der Ewige wird für dich sorgen.
Giovanni.
Du
Sollst für mich sorgen, Vater.
Antonio.
Kniee nieder!
Giovanni.
Ja, lieber Vater!
(Er kniet, Antonio legt seine Hand auf sein Haupt.)
Antonio.
Sieh, mein lieber Sohn,
Nimm deines Vaters Segen. Mehr kann ich
Dir nicht geben, doch eines Vaters Segen
Hat große Kraft in seiner letzten Stunde.
Giovanni
(küßt seine Hand).
Antonio.
Ich bin müde.
Jetzt will ich ruhen, bis die Mutter kommt.
(Er legt sich nieder.)
Giovanni.
Ja, schlafe, Vater, ich will bei dir wachen.
(Er setzt sich beim Vater.)
Mein Vater schläft; was hat er um den Kopf?
Ach, einen schönen Lorbeerkranz; ich will
Auch meinen Kranz ihm geben; das wird ihn
Vergnügen, wenn er aufwacht, auch die Mutter.
(Er setzt ihm den Kranz auf.)

Battista
(kommt mit Franz, seinem Sohn, durch den Wald).

Weißt du es ganz gewiß, daß dieses Bild,
Das dir das Leben rettete, ein kleines
Gemälde war, so groß?

Franz.
Ja wohl, ja wohl,
Es war die heilige Magdalena; schön,
Sehr schön gemalt.

Battista.
Mit langen gelben Haaren.
Mit blauem Kleide, Todtenkopf und Buche?

Franz.
Gewiß, und von Antonio gemalt.
(Er zeigt ihm die Kapelle.)

Battista (staunt).
Er hat das Leben mir gerettet, während
Ich ihn — Nun, das ist noch nicht abgemacht.

Franz.
Wer liegt da blaß und blutig auf der Erde?
Es sitzt ein kleines Kind bei ihm.

Battista.
Wo, wo?

Franz.
Ei da!

Battista (kreuzt sich).
Jesu Maria!

Franz.
Ihr erblaßt?

Battista.
Siehst du die Leiche auch?

Franz.
Ja, komm, mein Vater!
Wir wollen seh'n —

Battista (hält ihn zurück).
Elender, rasest du?
Siehst du den Engel bei dem Todten nicht?

Franz.
Ein kleiner Knabe!
(Giovanni winkt mit seinem Agnus Dei-Stabe, daß sie ruhig sein sollen.)

Battista.
Blinder, siehst du nicht
Den Agnus Dei=Stab? Es droht Johannes,
Der heil'ge Wald=Apostel! Komm! Nur fort!

Franz.
Was habt Ihr, Vater?

Battista.
Nichts, selbst nicht die Hoffnung!
Er droht uns wieder mit dem Stabe, siehst du?

Franz.
Ihr seid verwirrt.

Battista.
Nach Hause! es wird spät.
Die kalte Abendluft frißt mir das Herz.
Nach Hause, sag' ich, da will ich mich pflegen;
Hat nichts zu sagen, ist ein Fieber nur —
Und wenn du manchmal auch im Traume mich
Vom Morden sprechen hörst, von Blutschuld — acht'
Es nicht; es sind nur leere Worte.

Franz.
Vater!

Battista (gräßlich).
Denn nur ein Zufall ist es, sag' ich dir,
Daß er das Leben mir des Sohns gerettet
Im Augenblick, da ich ihn hier gemordet.

Franz.
Mein Vater!

Battista.
Er droht wieder! Laß uns flieh'n.
(Beide ab.)
(Silvestro und Maria kommen.)

Maria.
O mein Antonio! Bist du noch hier?

Giovanni.
Still, liebe Mutter! Still, der Vater schläft.

Maria
(entdeckt seinen Tod).
Es ist vorbei! Mein Leben ist dahin.

Giovanni.
Was fehlt dir, liebe Mutter? Warum weinst du?

Der Vater schläft, ist müde, laß ihn ruhen,
Er steht ja wieder auf!
                    Maria
        (hebt ihn in die Arme und küßt ihn).
                        Du süßer Engel!
Mein Einziges, mein Trost, Antonio's Sohn!
            Silvestro.
Besänftige dein Herz, liebe Maria!
Erschreck' den armen Knaben nicht; er glaubt,
Daß nur der Vater schläft.
                    Maria.
                        O süßer Glaube!
Ich glaub' es auch. Der Himmel spricht zu uns
Durch des Unschuld'gen Mund. Ja, ja, er schläft!
Wir werden auch bald schlafen, und zusammen
Im Himmel bald erwachen.
            Silvestro.
                        Ja, gewiß.
(Maria setzt sich bei der Quelle und weint; der kleine Giovanni sitzt ruhig bei seines Vaters Leiche. Silvestro steht gerührt und betrachtet sie Alle.)
                Ein Bote
(kommt und fragt Silvestro, der zwischen ihm und der Leiche steht).
Geht hier der rechte Weg hin nach Correggio?
            Silvestro.
Ja.
                    Bote.
Kennt Ihr den Antonio Allegri, Waldbruder?
            Silvestro.
Ja, was hast du ihm zu sagen?
                    Bote.
Ein Evangelium; jetzt ist sein Glück Gemacht.
            Silvestro.
Gewiß, sein wahres Glück.
                    Bote.
                        Ihr wißt
Es also schon?

            Silvestro.
                Was?
                    Bote.
                Unser gnäd'ger Herzog
Von Mantua ruft ihn zu seinem Hofe.
Da soll Antonio stets in seinem Dienste
Verbleiben, ausgezeichnet, reich belohnt.
Denn Michel Angelo und Giulio
Romano haben mit so vieler Wärme
Von ihm gesprochen heut, daß Seine Durchlaucht
Sogleich mich fortgesandt, um morgen ihn
Mit Frau und Kind nach Mantua zu bringen.
            Silvestro.
So früh du kommst, so kommst du doch zu spät.
                    Bote.
Wie so?
            Silvestro (tritt zurück.)
    Da liegt der Martyr schon gesunken
Unter der Last der Dürftigkeit, des Neides.
                    Bote.
Ist's möglich? Er ist todt? Das ist Allegri?
            Silvestro.
Das war Allegri. Viele Jahre werden
Nach diesem Tage kommen und verschwinden,
Eh' wieder unsre Welt ausrufen kann:
Da ist Allegri.
                    Bote.
            Ach, ich glaub' es Euch!
            Silvestro.
Grüß' deinen Herzog! Sag' ihm, es war menschlich,
Daß auf Ersuch zwei weltberühmter Künstler
Die Blüth' in seiner Näh' er stützen wollte.
Sag' aber ihm: Es wäre schön gehandelt,
Wenn er die edle Kraft des seltnen Mannes
Selbst wahrgenommen, selbst emporgeholfen,
Eh' ihn ein Zufall, leider, ach, zu spät,
Auf den verlornen Schatz aufmerksam machte.

Bote.
Der arme Mann! In Dürftigkeit ge=
storben!
Silvestro.
Beklag' ihn nicht, den Heiligen; zwar ist
Sein müdes Haupt gesunken, doch die
 Kränze,
Die diese bleichen Schläfe sanft um=
 schlingen,
Der Kranz der Ehre, der Erinne=
 rung,
Ich sag' es dir, sie werden herrlich
 glänzen,
Wenn viele goldne Kronen abgefallen.
Bote.
Ich glaub' es Euch, er war ein großer
 Mann.

Giovanni (weint.)
Mein Vater schläft nicht, er ist todt, ist
 todt!
Silvestro.
Wein', armes Kind! du hast das Recht
 zu weinen.
Auch du, Maria! weine du mit mir.
Die Welt muß staunen, sie hat nichts
 zu klagen.
In seinen Werken wird er ewig leben,
Ein großes Muster für die späte Zeit.
Uns aber starb ein Gatte, Vater, Freund!
Die ganze Welt ersetzt nicht den Verlust;
Erst dort im Himmel finden wir ihn
 wieder.

Aus der Theater-Bibliothek sind ferner zu haben:

1) Kleist's Käthchen von Heilbronn 9 kr. ob. 3 Sgr.
2) Molière's Geiziger 9 kr. ob. 3 Sgr.
3) Shakespeare's Kaufmann von Venedig 9 kr. ob. 3 Sgr.
4) Lessing's Nathan der Weise 9 kr. ob. 3 Sgr.
5) Schiller's Räuber 9 kr. ob. 3 Sgr.
6) Kotzebue's Menschenhaß und Reue 9 kr. ob. 3 Sgr.
7) Calderon's Leben ein Traum 9 kr. ob. 3 Sgr.
8) Goethe's Faust (I. Theil) 9 kr. ob. 3 Sgr.
9) Goethe's Faust (II. Theil) 9 kr. ob. 3 Sgr.
10) Iffland's Jäger 9 kr. ob. 3 Sgr.
11) Körner's Zriny 9 kr. ob. 3 Sgr.
12) Lessing's Minna von Barnhelm 9 kr. ob. 3 Sgr.
13) Lessing's Emilia Galotti 9 kr. ob. 3 Sgr.
14) Molière's Tartüffe 9 kr. oder 3 Sgr.
15) Moreto's Donna Diana 9 kr. ob. 3 Sgr.
16) Schiller's Wilhelm Tell 9 kr. ob. 3 Sgr.
17) Schröder's Stille Wasser sind tief 9 kr. ob. 3 Sgr.
18) Müllner's Schuld 9 kr. ob. 3 Sgr.
19) Sophokles' Antigone 9 kr. ob. 3 Sgr.
20) Goethe's Götz von Berlichingen 9 kr. ob. 3 Sgr.
21) Schiller's Kabale und Liebe 9 kr. ob. 3 Sgr.
22) Werner's 24. Februar 9 kr. ob. 3 Sgr.
23) Kleist's Prinz Friedrich von Homburg 9 kr. ob. 3 Sgr.
24) Goethe's Egmont 9 kr. ob. 3 Sgr.
25) Shakespeare's Sommernachtstraum 9 kr. ob. 3 Sgr.
26) Schiller's Don Carlos 9 kr. ob. 3 Sgr.
27) Leisewitz' Julius von Tarent 9 kr. ob. 3 Sgr.
28) Goethe's Clavigo und Geschwister 9 kr. oder 3 Sgr.
29) Raimund's Alpenkönig und Menschenfeind 9 kr. ob. 3 Sgr.
30) Sheridan's Lästerschule 9 kr. ob. 3 Sgr.
31) Schiller's Fiesco 9 kr. ob. 3 Sgr.
32) Goethe's Tasso 9 kr. ob. 3 Sgr.
33) Molière's eingebildeter Kranke 9 kr. ob. 3 Sgr.
34) Oehlenschläger's Correggio 9 kr. ob. 3 Sgr.
35) Ziegler's Parteiwuth 9 kr. ob. 3 Sgr.
36) Gozzi's glückliche Bettler 9 kr. ob. 3 Sgr.